# Los Compas
## y la maldición de Mikecrack

# MIKECRACK, EL TROLLINO, TIMBA VK

# Los Compas
## y la maldición de Mikecrack

mr

Obra editada en colaboración con Editorial Planeta – España

© 2020, Mikecrack
© 2020, El Trollino
© 2020, Timba Vk
2020, Edición y fijación del texto: José Manuel Lechado

© 2020, Editorial Planeta S.A. – Barcelona, España

Derechos reservados

© 2020, Editorial Planeta Mexicana, S.A. de C.V.
Bajo el sello editorial MARTÍNEZ ROCA M.R.
Avenida Presidente Masarik núm. 111,
Piso 2, Polanco V Sección, Miguel Hidalgo
C.P. 11560, Ciudad de México
www.planetadelibros.com.mx

Ilustraciones de portada e interior: © Third Guy Studio
Diseño de portada e interior: Rudesindo de la Fuente

Primera edición impresa en España: octubre de 2020
ISBN: 978-84-270-4749-5

Primera edición impresa en México: noviembre de 2020
ISBN: 978-607-07-7272-6

Impreso en los talleres de Litográfica Ingramex, S.A. de C.V.
Centeno núm. 162-1, colonia Granjas Esmeralda, Ciudad de México
Impreso en México –*Printed in Mexico*

# INTRODUCCIÓN. EL SECRETO DEL CAPITÁN ESPÁRRAGO

—**E**s genial, Trolli —dijo Timba exhibiendo una sonrisa de oreja a oreja—. No solo podremos descansar un poco después de tantas aventuras, sino que vamos a ver a todos nuestros amigos. ¡Alegra esa cara!

—No, si estoy muy contento —sonrió Trolli—. Es solo que... Bueno, que el barco de Rius me trae recuerdos de todos los peligros que hemos corrido en los últimos tiempos. Nos podíamos haber quedado en casa.

—Pues yo estoy encantado —ladró Mike—. ¡Es tu fiesta de cumpleaños! ¡Solo ocurre una vez al año!

—Me alegra que te guste tanto mi fiesta, Mike —respondió Trolli.

—Bueno, sí, me alegro porque es tu fiesta... Y porque en un cumpleaños siempre hay... ¡comida!

—Nunca dejarás de ser un tragón. Pero sí, va a haber un montón de cosas de comer.

—Incluida la tarta de tu abuela, Trolli —confirmó Raptor mientras acompañaba a sus tres amigos Compas al puerto—. Rius me dijo que un mensajero la llevó a bordo hace un rato. Y habrá más sorpresas.

Los Compas miraron alarmados a Raptor. La palabra «sorpresas» no es una de sus favoritas, no después de enfrentarse a monstruos legendarios, carceleros malvados, científicos locos y dinosaurios sueltos por las calles.

—¡No, chicos, no! —les tranquilizó Raptor—. No más peligros ni aventuras. Aunque tiene algo que ver con la última. ¿Recordáis el medallón del pirata Juan Espárrago?

Raptor se refería a una extraña pieza metálica que descubrieron por casualidad al final de su anterior aventura. Por supuesto, todos se acordaban del malvado y ambicioso profesor Rack y su rara máquina del tiempo. Y también de los dinosaurios venidos del pasado y que tantos destrozos causaron en el museo de la ciudad. Entre los objetos dañados se encontraba un antiguo cofre pirata propiedad de Rius, el cual acabó hecho pedazos entre las patas de los dinosaurios que habían venido del pasado. Lo curioso es que al romperse apareció entre sus tablas un medallón de aspecto muy extraño. Los Compas no habían vuelto a pensar en el curioso objeto, pero lo recordaban muy bien.

—¡Cómo olvidarlo! Si casi nos devora el bueno del tiranosaurio —recordó Mike.

—Vale, pues cuando Rius regresó a casa con el medallón y los restos del cofre —informó Raptor— se acordó de una vieja tradición familiar.

—Mola... Me encantan las historias —dijo Mike—. ¿Nos la va a contar?

—Claro que sí. Y es una historia que tiene de todo —continuó Raptor—: el pirata Juan Espárrago y sus hombres, barcos de vela de hace cuatrocientos años, tesoros enterrados...

—¡Tesoros! —exclamó Mike, feliz.

—Sí, pero también... una maldición.

—¿Maldición? —respondió Trolli arqueando una ceja—. ¡Bah! Tonterías. Las maldiciones no existen.

Lo dijo sin mucho convencimiento: se acordaba demasiado bien de la aventura del diamantito como para creerse lo que acababa de decir. Raptor continuó hablando.

—El caso es que Rius conserva un montón de cacharros de su antepasado. Algunos en casa, otros en la bodega de su barco... Los tenía guardados en cajas polvorientas y no les había prestado atención durante años. Cuando regresó, se puso a buscarlos.

—Pero el medallón apareció por casualidad. Si los dinosaurios no hubieran roto el cofre no habríamos sabido nada de él —recordó Timba.

—Es cierto. Por eso se despertó la curiosidad de Rius. El caso es que empezó a encontrar toda clase de cosas: un antiguo retrato del capitán Espárrago, una espada de cuando era joven, algunas prendas y, sobre todo, un cuaderno de bitácora escrito por el propio capitán en el que se cuenta la leyenda de... ¡la maldición de Juan Espárrago!

—Parece el título de una peli barata —bromeó Timba.

—Bueno, ya veréis cuando os lo cuente el propio Rius. Es una historia alucinante. Y ya queda poco.

Era verdad: habían llegado al puerto de Ciudad Cubo, en concreto al muelle 23, donde se encontraba atracado el barco de Rius, *La Pluma Negra*, en el que los amigos de los Compas habían venido desde Tropicubo. ¡Qué emocionante contemplar de nuevo este barco que tanto había tenido que ver en sus aventuras! Aunque... La verdad es que tenía un aspecto un poco distinto al habitual. Como más... ¿limpio?

Pues sí, porque Rius, con la ayuda del pequeño Sparta, el fortachón Invíctor y el propio Raptor habían fregoteado la cubierta, sacado brillo a los metales y colgado globos y serpentinas por todas partes. Nunca los Compas habían visto *La Pluma Negra* tan adornada.

—¡Toma! Si está como nueva —exclamó Trolli, pasmado.

—¿Seguro que es *La Pluma Negra*? —se extrañó Timba.

—¿Cuándo comemos? —preguntó... Pues claro, ¿quién si no? Mike.

Y sí, sí que era *La Pluma Negra*. Reluciente y preciosa. Pero lo mejor es que al fin se reunían de nuevo todos los amigos. Y había comida de sobra para celebrar la fiesta de cumpleaños de Trolli. Y quizá para saciar el enorme apetito de Mike.

# 1.
# EL CUMPLEAÑOS DE TROLLI

—¡**B**ienvenidos a bordo, queridos amigos! —bramó Rius, contento como no lo había estado en mucho tiempo de ver a los Compas a bordo.

No había nadie que no se sintiera alegre. El capitán saludó a los recién llegados dándoles ruidosas palmotadas en la espalda (o en el lomo, en el caso de Mike). Sparta prefirió estrechar manos (o patas). En cuanto a Invíctor... Bueno, dio unos abrazos tan fuertes a sus tres camaradas que los dejó más apretados que un limón en una exprimidora.

—Cada día estás más fuerte... Ay —se dolió Mike—. Dadme algo de comer o me desmayo.

—¡Hay comida de sobra, por todos los rayos! La hemos traído desde Tropicubo. Ensalada de piñacubo, tortilla cúbica, cubopatatas... ¡Y más cosas! ¡Por supuesto! ¡La tarta de tu abuela, Trolli, que llegó hace bien poco!

—A ver, a ver —Trolli se mostraba realmente entusiasmado—. ¡Qué buena pinta tiene!

—Sí, aunque también es un poco rara —observó Raptor—. ¿De qué está hecha?

—¿La tarta de mi abuela? ¿De qué va a ser? ¡Pues de lentejas! ¡Es mi favorita!

Todos se miraron con cara de sorpresa, pero nadie dijo nada. Era el cumple de Trolli, le encantaban las lentejas... y el cumpleañero manda.

—Nos la comeremos luego. Ahora la voy a guardar en la nevera —anunció Rius, prudente.

Aquella era, sin duda, una gran ocasión. Todos reunidos sin que les persiguiera nadie, sin enemigos ni peligros, sin... Un momento... ¿Todos? ¿Seguro?

—¿Chicos, dónde está Mayo? —preguntó Trolli al notar la ausencia de su amigo—. ¿No ha venido?

—Le avisamos —informó Raptor—, pero no hubo respuesta.

—Y le buscamos por todas partes, ojo —añadió Invíctor.

—En realidad no ha habido manera de encontrarlo —dijo entonces Sparta—. Y lo hemos intentado.

—Sí —confirmó Rius—. Lo cierto es que nadie sabe nada de él. Un completo misterio.

—Qué raro —se extrañó Trolli—. Me habría gustado verle. Pues el caso es que yo le envié la invitación, como a todos...

—Muy raro, sí. ¿Comemos o qué? —protestó Mike, que ya se había zampado un par de serpentinas de papel de las que adornaban la cubierta.

—Un momento, espera —cortó Trolli, suspicaz—. Mike, ¿no te habrás comido tú la invitación de Mayo?

—¿Yo? Es lo más ofensivo que me han dicho nunca.

—Mike, que te conozco.

—Estoy muy triste. Solo comiendo algo se me pasará esta penita.

—Venga, chicos, da igual —intervino Rius—. Puede que Mayo se haya ido de viaje o tal vez esté ocupado con algo.

—Es verdad —exclamó el pequeño Sparta—. ¡Que empiece la fiesta de una vez!

Y eso es lo que hicieron. La celebración duró varias horas. Cantaron, comieron, se contaron chistes (no solo los de Timba, por suerte) y recordaron las aventuras corridas en los últimos tiempos.

—¿Os acordáis del diamantito? —preguntó Mike, que siempre se acordaba de aquella enorme gema.

—Ya lo creo.

—¿Y cuando nos fugamos de la cárcel de Alcutrez? —dijo Timba—. Eso sí que fue peligroso.

—No tanto como cuando nos persiguieron los dinosaurios en aquella montaña —observó Trolli.

—La verdad es que hemos corrido un montón de peligros.

—Sí, pero por suerte... ¡eso se terminó! —zanjó Mike la cuestión, muy satisfecho—. Os prometo que por nada del mundo volveréis a verme metido en aventuras.

Al caer la tarde, cuando el sol se encontraba ya muy cerca del horizonte, llegó el momento estrella del cumpleaños. Raptor entró en la cocina y regresó con la tarta de lentejas, bien fresquita. Timba la había adornado con un montón de velas.

—Como no recuerdo exactamente tu edad, he puesto todas las velas que he podido. Venga, Trolli, es hora de que las soples.

Timba había preparado este asunto de las velas con mucho cuidado. Había ido al bazar dos días antes para comprar unas velitas chulísimas que le llamaron la atención nada más contemplarlas en el escaparate. Eran grandes, de colores brillantes. Tanto le gustaron que entró y las compró sin preguntar... y sin darse cuenta de que las vendían en

la sección de artículos de broma. Bueno, Timba es un poco despistado y también es posible que las catorce horas que se había *esforzado* aquel día no hubieran sido suficientes. La verdad es que tenía un poco de sueño cuando las compró. Pero mereció la pena: quedaban preciosas sobre la tarta, y más aún a medida que las iba encendiendo.

—¿No huelen un poco raro? —preguntó Trolli, mosqueado.

—¡Qué va! Sopla de una vez.

—Vale, pero a mí me parece que...

—¡Espera, que eso no son velas! —exclamó Mike, al darse cuenta de lo que pasaba.

Por desgracia el aviso llegó demasiado tarde. Trolli se acercó a la tarta, se dispuso a soplar y, de pronto, las velas estallaron una detrás de otra. ¡No eran velas, sino bengalas! En cuestión de segundos una lluvia de chispas de colores y

tarta de lentejas inundó la cubierta del barco. Un trozo se le quedó pegado a Rius en el ojo bueno.

—¡Por todas las tormentas, no veo nada! —gritó, fastidiado.

Otro cacho le dio a Timba en mitad del pecho.

—Lentejas... Si quieres las comes y si no las dejas. ¡Vaya desastre!

Un tercer fragmento fue a volar hasta la boca de Mike.

—Mmmmmm, pues es verdad que no está nada mal la tartita —se relamió, tragando sin masticar.

El que tuvo peor suerte, por supuesto, fue Trolli, que era el que se encontraba más cerca de la zona cero. La cara se le quedó tiznada del humo, mientras que su elegante vestimenta quedaba cubierta de arriba a abajo por una pasta pegajosa de lentejas.

—¡Qué asco, cómo me he puesto!

—No es para tanto —dijo Mike, lamiendo los restos de tarta que le chorreaban por todas partes.

—¡Pero para de una vez, tragaldabas! Timba...

Trolli clavó los ojos en su amigo. Y Timba, avergonzado, se sintió culpable por el desastre. Bueno, es que era culpable.

—Yo... Es que eran una velas tan bonitas —dijo, queriendo disculparse. Se sentía realmente mal.

—Tío, es que a veces no sé qué... —Trolli, la verdad, no sabía qué decir. Se había enfadado un poco, pero a la vez era consciente de la buena voluntad de su amigo. Y más con lo que le dijo a continuación.

—¡Te he traído esto! —exclamó Timba al tiempo que mostraba su regalo, envuelto en papel dorado. Esperaba que fuera suficiente para calmar a su enfadado colega.

Trolli miró el regalo que le ofrecía su viejo amigo y decidió que, a fin de cuentas, tampoco era la cosa para tanto. Solo había que lavar un poco de ropa.

—Vale, no pasa nada —dijo, sonriente, mientras desenvolvía el paquete—. ¿Una vinagrera?

—Utilísima, Trolli. Y además es muy antigua.

—Pero si pone que está hecha en China... En fin, dame un abrazo.

—Feliz cumpleaños, Trolli.

A Mike y a los demás casi se les saltan las lágrimas. Momentos así son muy emotivos. El siguiente en dar a Trolli su regalo fue Mike. Un hueso, en concreto el favorito de su colección. Trolli no come huesos, pero agradeció el detalle porque en los regalos lo que importa es la intención.

Invíctor, Raptor y Sparta fueron los siguientes. Cada uno, con mayor o menor acierto, había tratado de encontrar algo que gustara a Trolli. Y este quedó muy satisfecho con las muestras de amistad que estaba recibiendo. La verdad es que los cumples molan cuando uno tiene tan buenos amigos.

Por fin llegó el turno de Rius, que estaba impaciente por entregarle su regalo.

—Aquí tienes —anunció el marinero—. Y es una cosa muy especial, algo que tiene mucho significado para mí. Espero que te guste.

Trolli abrió el envoltorio, hecho de papel de periódico. Rius no se había esmerado. Dentro de los papelotes había una caja de cartón. Y en su interior...

—¡No me lo puedo creer! ¡Es el medallón de Juan Espárrago!

Aunque ya había tenido ocasión de verlo antes, Trolli lo analizó con mucha curiosidad. La verdad es que se trataba de un objeto muy llamativo. Básicamente consistía en un disco metálico de unos doce centímetros de diámetro. Por una de sus caras mostraba el rostro malhumorado del antiguo pirata grabado sobre el duro bronce. Por la otra se desplegaba una serie de marcas incomprensibles en relieve: círculos concéntricos, barras diagonales y muchos símbolos raros. Algunos parecían números, pero el medallón estaba tan roñoso por los años que resultaba difícil leer nada. Trolli miró con aprecio el enigmático objeto.

—Es precioso, Rius, pero no puedo aceptarlo —dijo, considerando el valor que tenía para su amigo—. Este medallón significa mucho para ti.

—¡Bobadas a babor! Quédatelo, muchacho. Además... No es un medallón.

—¿Ah, no? ¿Y qué es entonces? —preguntó Timba.

—¿Es para comer? —preguntó Mike.

—Nooooo —se sorprendió Rius.

—¿Es de chocolate?, ¿lo puedo probar? —insistió Mike.

—Que nooo, *pesao* —cortó Trolli—. Como te lo comas te llevo al veterinario a que te vacune otra vez.

—Vale, vale. Me callo.

—Chicos, no es para comer ni es un medallón ni nada —intervino entonces Rius—. Es un astrolabio.

—¿Unastroqué? —preguntó Mike.

—«Astrolato» a secas, sin el «un» —aclaró Timba.

—As-tro-la-bio —pronunció Trolli, con mucho cuidado.

—Es un antiguo instrumento de navegación —explicó Rius—. Hace siglos que no se usan, pero antes eran impres-cindibles para orientarse en el mar. Servían para calcular la posición de los barcos a partir de las estrellas. Y para mu-

chas otras cosas. Se supone que esos circulitos y otras cosas deberían girar sobre su eje, pero no se mueve nada, aunque lo he intentado. Creo que es cosa del óxido.

—Yo quiero mirar por el *astrolato*. ¿Seguro que no se come?

—A mí me da un poco de sueño esto de los astros —bostezó Timba—. Creo que voy a *esforzarme* un ratito, en serio.

—Tiene una pinta muy rara —observó Sparta.

—¿Cómo funciona? —preguntó Invíctor, mirando a Rius.

—Aparte de que debería girar... no tengo ni la menor idea —contestó el marino—. Hoy en día se navega con GPS. Sin embargo... Este cacharro tiene una curiosa historia.

—... que nos vas a contar enseguida, ¿verdad? —observó Timba—. Creo que prefiero contaros un chiste de mi prima la coja.

—¡No, por favor! —suplicó Trolli—. ¡Que es mi cumple!

—Ya verás, si es gracioso de verdad. Resulta que va mi prima y le dice a su marido: «Manolo, que llevamos diez años juntos y nunca me has comprado ninguna cosa». Y responde Manolo: «Porras, ¿es que tenías algo a la venta?».

A todos les hizo gracia y Mike, como de costumbre, fue el que más se rio con las cosas de Timba. Así que se animó a contar otro.

—Ya que hay tanta caja abierta por aquí, os contaré un chiste de cajas. ¿Sabéis para qué va una caja al gimnasio?

—Ni idea.

—No, no lo sé.

—¡Pues para hacerse caja fuerte!

De nuevo todos rieron, aunque un poquito menos. Trolli, temiendo que Timba se lanzara a contar chistes sin parar, intervino con rapidez:

—Rius, cuéntanos la historia de esa maldición. Seguro que es superinteresante.

Y es que, puestos a escuchar historias, mejor una nueva.

# 2.
# LA MALDICIÓN DEL ASTROLABIO

**—¡V**enga, Rius, no nos hagas esperar!

—¡Eso, cuéntanos la leyenda de una vez!

—Vale, vale, chicos, como queráis. Lo primero que tenéis que saber es que hace ya tres o cuatro siglos mi antepasado el capitán Juan Espárrago recorría los siete mares haciendo piraterías. Era un tipo más gamberro que malvado, aunque era temido en todas partes. Con su barco, *La Pluma Negra*...

—¿*La Pluma Negra*? —preguntó Timba abriendo mucho los ojos—. ¿No me digas que...?

—Pues claro, chicos. Por eso puse ese nombre a mi propio barco. ¡Y no he sido yo solo! La familia Espárrago-Rius lleva siglos haciéndolo. Ha habido un montón de barcos con esa denominación. Pero el único que se dedicó a la piratería fue el primero. Los demás han sido mercantes, pesqueros, acorazados...

—¡Que te vas por las ramas! —advirtió Mike.

—Vale, pues prosigo con la historia. He conocido la leyenda, como ya sabéis, gracias al cuaderno de bitácora del propio capitán Espárrago. Cómo llegó a Tropicubo, luego os

lo cuento. El caso es que todo empezó una noche de tormenta en alta mar, a muchas leguas de la costa. Pero no se trataba de una tormenta cualquiera, sino de un tormentón de los que hacen época. Las olas medían veinte metros de altura, el viento era de doscientos kilómetros por hora, las sardinas salían despedidas del agua y pegaban en la cara de los marineros... ¡Un infierno! A pesar de su experiencia en el mar, aquella tempestad estuvo a punto de hacer naufragar el barco de Espárrago varias veces...

—Pero no naufragó, ¿verdad? —Trolli, que no era muy de creer en maldiciones y viejas leyendas, decidió que podía divertirse tomándole un poco el pelo a su amigo el marinero.

—Pues no, la verdad —fue la respuesta—. Al amanecer cesó la tormenta de golpe y porrazo y *La Pluma Negra* seguía a flote. Aunque varias de sus velas se habían quedado hechas polvo por el ventarrón y el navío marchaba casi a la deriva. Entonces el vigía, desde lo alto del palo mayor, vio una isla a lo lejos.

—¡No, por favor, más islas no! —suplicó Mike—. No dan más que problemas, siempre están llenas de monstruos o de cárceles horribles.

—Pues... No te diré que no, Mike. Al contemplarla con su catalejo, Espárrago se sintió muy extrañado porque esa isla no figuraba en ningún mapa ni la había visto antes, a pesar de conocer muy bien aquellas aguas. Sin embargo, aquel pedazo de tierra iba a ser, en ese momento, lo de menos.

—No me digas que salió un monstruo de las aguas —se mofó ahora Timba.

—¡No, mil rayos! —Rius empezaba a mosquearse un poco—. Lo que pasó es que de pronto vieron que había otro barco navegando por allí. Uno parecido a *La Pluma Negra* y también muy maltrecho por la tormenta. Se acercaron a él y lo que contemplaron sobre la cubierta dejó pasmados a Espárrago y a sus hombres: la tripulación del otro buque estaba formada por...

—Por monstruos de ultratumba —adelantó Timba.

—O por zombis de ultratumba —añadió Mike.

—¡No, pardiez! —exclamó Rius, ya un pelín molesto con las bromitas de los Compas—. Eran animales humanizados. O más bien al revés: humanos animalizados. A ver cómo lo explico. Por ejemplo, el capitán era un grandullón con pinta de mono.

—El capitán Mono —se rio Mike—. Suena bien.

—El contramaestre era una especie de avestruz —continuó explicando Rius—. El vigía, un hombre-jirafa. El artillero, un...

—Vale, vale, lo hemos pillado.

—El capitán Espárrago se dio cuenta de que aquel barco se dirigía a la isla como si le fuera la vida en ello, incluso ignorando la amenazadora presencia de *La Pluma Negra* a sus espaldas. Por supuesto, mi piratesco antepasado no dudó en hacer aquello a lo que estaba acostumbrado: dio orden de persecución y se preparó para el abordaje. No tardó en alcanzar al otro buque y la lucha fue breve, pues los tripulantes del otro barco no estaban en condiciones de resistir. Una vez reducidos sus adversarios, Espárrago interrogó al capitán Mono. Vamos a llamarlo así, porque en el cuaderno de bitácora no dice su nombre. La historia que contó era, verdaderamente, increíble.

—Sí, eso es lo que me está pareciendo *tu* historia —insistió Trolli—: increíble.

—Resulta que el capitán Mono y sus hombres habían sido víctimas de una maldición —Rius prosiguió su narración sin hacer caso— y se dirigían hacia aquella isla, llamada «Del Mal de Ojo», para romper el hechizo con la ayuda de un objeto mágico que llevaban a bordo.

Mientras Rius contaba la vieja leyenda, Mike no paraba de trastear con el astrolabio. Como había estado guardado cerca de la comida de la fiesta, olía muy, pero que muy bien. Además, el valeroso can no había pasado por alto en ningún momento el parecido que tenía con una de esas grandes monedas de oro de chocolate que saben tan ricas. Aunque en realidad Mike no debería comer chocolate, porque a los perros no les sienta muy bien. Pero bueno, ya se sabe que a veces se pone un tanto cabezón, sobre todo con las cosas de comer.

Así que, aprovechando que todo el mundo estaba pendiente de la leyenda del capitán Espárrago, Mike pasó de olisquear el astrolabio a lamerlo. Le supo a roña y a metal oxidado. Un asco, pero esto no le desanimó. Se lo metió a continuación en la boca y empezó a mordisquearlo. Estaba muy duro. Sin embargo, le dio la sensación de que sus dientes empezaban a hacer efecto. Era como si «algo» cediera a sus mordiscos.

Y así era. Para su desgracia...

Todo ocurrió en cuestión de segundos y lo que pasó, al menos al principio, no tuvo nada de misterioso. El astrolabio había estado escondido durante siglos entre las tablas medio sueltas del viejo cofre. La suciedad acumulada a lo largo de los años había atascado su mecanismo, lo que impedía girar a sus partes móviles. Por eso les había parecido a todos un medallón y no un astrolabio: ¡es que estaba hecho un bloque! Ahora, no obstante, la saliva de Mike había disuelto la roña y aflojado el atasco. Por último, la presión de sus dientes hizo el resto del trabajo. Con un «clic», luego un «cloc» y después dos o tres ruidos más difíciles de reproducir, la roña se desprendió del mecanismo, se soltó del todo y, por primera vez en siglos... ¡el astrolabio volvía a funcionar!

Dentro de la boca de Mike, por cierto. Pero no permanecería ahí mucho tiempo.

—¡Puaf! —exclamó, escupiendo el astrolabio, que cayó al suelo con un sonoro «clonc»—. Esto sabe a rayos y demonios.

—¡El astrolabio! —gruñó Rius—. ¿Te lo has intentado comer, en serio?

—Mike, ¿pero qué has hecho? —preguntó Trolli, alarmado.

Esta vez no es que Trolli se enfadara por el hambre inagotable de su mascota; es que estaba ocurriendo algo fuera de lo normal. Todos pudieron verlo: el astrolabio, ahora tirado sobre el piso, parecía haber cobrado vida. No, no es solo que el mecanismo giratorio funcionara al cabo de los siglos... ¡Es que brillaba con luz propia y emitía destellos de todos los colores! Destellos que se dirigían, uno tras otro, en dirección al desprevenido Mike, como pequeños dardos de luz.

—¡Ay, madre! —exclamó Mike—. ¿Qué son estas luces? ¿Es normal?

—¿Desde cuándo unas luces misteriosas son normales? —preguntó Trolli—. Ese cacharro no tiene bombillas. Esas luces son... son...

—¡Magia! —gritó Timba, asustado.

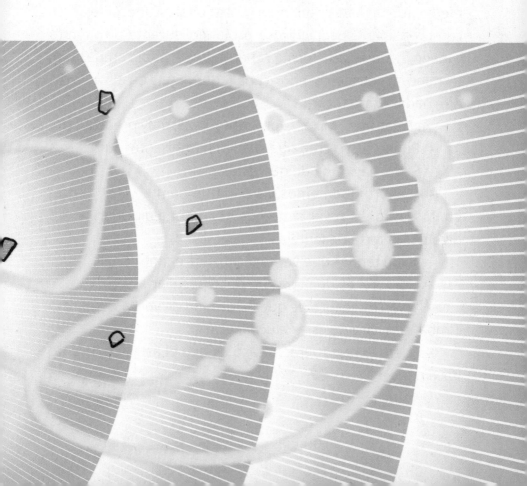

Sí que tenía pinta de ser magia. Rius hablaba de maldiciones y de pronto el astrolabio recién activado por Mike se ponía en acción con intenciones de lo más dudosas. Era como para mosquearse. Mientras proseguía la extraña emisión de lucecitas todos los presentes observaban con atención, y algo de miedo, cómo los misteriosos resplandores envolvían a Mike. Nadie se atrevía a moverse ni medio milímetro, por si acaso. Y menos aún a tocar el astrolabio, que seguía en el mismo sitio donde había caído.

La danza de luces era hipnótica. Había como serpientes, rayos y esferas de luz de colores que se lanzaban sobre Mike como si el pobre perro fuera un imán. Lo rodeaban durante un momento y luego se precipitaban sobre él. Lo más curioso era que al chocar contra su cuerpo no producían otro efecto que un leve resplandor, antes de desvanecerse. El incomprensible espectáculo se prolongó durante un minuto y luego, de la misma forma repentina que había empezado, terminó. El astrolabio, ahora apagado, seguía en el suelo sin que nadie osara tocarlo.

—¿Estás bien, Mike? —preguntó Trolli, muy preocupado.

—Pues... Sí, yo creo que sí. Algo hambriento, quizás.

—Sí, no hay duda de que estás bien.

—¿Seguro que hemos visto lo que hemos visto? —preguntó Raptor—. A ver si hemos tenido una alucinación. Lo digo por la tarta de lentejas...

—¿Qué tendrá que ver la tarta? —preguntó Trolli.

—Hombre, es una tarta un poco peculiar...

—Yo estoy seguro de que ha pasado de verdad —afirmó Timba, con cara de estar alucinando.

—Fuera lo que fuera, el caso es que el astrolabio ya no hace nada.

Al decir esto Trolli recogió del suelo el viejo artefacto usando unas pinzas de cocina para no tocarlo con las manos. Solo por si las moscas. Lo subió con precaución, lo depositó sobre la mesa y entonces... todos se dieron cuenta de que algo grave pasaba. Grave de verdad.

—¡Melocotón! ¡Mirad eso!

En el reverso del astrolabio la cara de Juan Espárrago había desaparecido. Ahora podía verse, con toda claridad, la silueta del rostro de Mike.

—¡Mil rayos y truenos! —exclamó el capitán Rius—. ¡Está claro, Mike! ¡Eres víctima de la maldición! ¡La maldición del capitán Espárrago!

—Ahora será más bien la maldición de Mike, ¿no? —aclaró Timba.

—Ay, madre mía, ¿y por qué yo? —se lamentó el can.

—Porque no eres capaz de contener tu insaciable apetito ni un segundo. Por eso —le riñó Trolli, que no podía ocultar su preocupación—. ¿Quién te mandaba comerte el astrolabio?

—¡Miau! Siempre me dices lo mismo. Un momento... ¿He dicho «miau»?

Sí que lo había dicho, sí. Y no era el único síntoma de que, sin lugar a dudas, algo raro estaba sucediendo. El atrevido cánido vio que, de pronto, todas las miradas se concentraban en él, como si fuera un bicho raro. Incluso más que raro.

—¿Qué tienes ahí? —preguntó Timba, señalándole el hocico.

—¿Ahí? ¿Qué quieres decir con «ahí»?

—Pues ahí... En los... ¿Te estás dejando bigote?

—¿Bigote? —Mike se tocó los morros, sorprendido—. ¡Pero qué es esto!

—Es un bigote, sí —confirmó Sparta—. Un bigote como...
¿de gato?

—¿Cómo que «de gato»? ¡No miau gustan los gatos! ¡Ay,
madre! ¿«Miau»?

—Sí que parece de gato, sí —confirmó Invíctor—. Esa
tarta de lentejas produce unos efectos increíbles.

—¿Qué tarta ni qué torta de lentejas? —cortó Rius—.
¡Que es la maldición!

—No me quedan nada bien —gimió Mike—. Y ahora
tengo ganas de comer... ¿sardinas? Ay, ay, ay.

—A ver, calma. Las maldiciones así no existen —intentó
tranquilizar Trolli.

—Miau parece que te equivocas... ¿Otra vez «miau»?
¿Pero por qué?

—¡Claro que se equivoca! ¡Las maldiciones existen!
Acordaos del diamantito legendario —explicó Timba, mucho más serio de lo que era habitual en él.

—Ah, es verdad. Ahora que lo dices... Pues sí que existen
—tuvo que reconocer Trolli—. Bueno, pero esto es distinto.
¿No?

Nadie contestó.

—Está bien, está bien, no nos pongamos nerviosos... todavía —volvió a hablar Trolli, contemplando las caras tan raras que estaban poniendo sus amigos y tratando de calmar
los ánimos—. Rius, aún no nos has contado toda la historia.
¿Se sabe algo más de esa... maldición?

—Pues sí... Pero me temo que no os va a gustar.

# 3.
# MIKE EN APUROS

**—M**i antepasado saqueó el barco del capitán Mono y luego, como estaba muy averiado, mandó echarlo a pique —continuó Rius contando la leyenda—. Tomó prisioneros a Mono y a sus hombres y, siguiendo las indicaciones del objeto mágico...

—Está claro que ese «objeto mágico» es nuestro astrolabio, ¿no? —preguntó Trolli, de pronto.

—Eso me temo, visto lo visto. Aunque la leyenda no lo especifica. El caso es que el capitán Espárrago puso proa a la isla del Mal de Ojo, que es a donde señalaba el astrolabio. Pero más que nada porque tenía urgencia por llegar a Tierra para hacer reparaciones, recoger agua y algo de fruta.

—¿Y no le preocupaba el asuntillo de la maldición? —preguntó Timba.

—Pues parece que no —respondió Rius—. Los hombres del capitán Mono murmuraban algo sobre un monstruo terrible que vigilaba aquel lugar. Pero mi antepasado no les hizo el menor caso. Como la propia *Pluma Negra* estaba algo dañada tardaron bastante en llegar. Lo más curioso de todo es que en ningún momento el objeto mágico,

fuera lo que fuera, que había pertenecido al capitán Mono, dejó de señalar en dirección a la isla.

—Está claro que tenía que ser el astrolabio —indicó Timba con su lógica redonda—. Es un aparato para marcar posiciones.

—Pues sí. El caso es que no llegaron a tierra hasta la caída de la tarde. Mientras un grupo de hombres quedaba a bordo arreglando las velas y vigilando a los prisioneros, el resto desembarcaba en la única playa accesible de la isla. El capitán Mono volvió a advertir del peligro que corrían, pero Espárrago no quiso prestarle atención. Es que era un pelín obstinado. El caso es que una vez en tierra mi antepasado dividió a sus hombres en dos grupos: unos debían explorar el terreno para buscar agua y fruta mientras los demás cavaban un gran agujero en la playa para enterrar sus tesoros.

—¿Y eso por qué? —preguntó Timba—. ¿No deberían llevarse el tesoro a algún sitio donde pudieran gastárselo?

—Yo qué sé, chico; costumbres piratas, hacían esas cosas tan tontas. Una vez que estaban todos trabajando, mi tátara-tátara-tatarabuelo se fue a dar una vuelta por los alrededores. Ventajas de ser el jefe. Lo malo es que no tardó en descubrir, para su horror, que el capitán Mono no mentía. La isla, en efecto, estaba habitada por un monstruo. Un gigantesco cíclope.

—¿Bicíclope? —preguntó Mike.

—Cíclope a secas —corrigió Trolli—. Era un gigante mitológico muy bruto que tenía un solo ojo, en medio de la frente. Lo leí en un viejo libro de aventuras.

—Así es. En la antigua mitología los cíclopes vivían en unas islas lejanas cuidando de su ganado y alimentándose de los incautos que desembarcaban en sus costas. Y en la isla del Mal de Ojo...

—No está mal elegido el nombre —bromeó Timba—. Como solo tienen un ojo...

—Pues es verdad —asintió Rius—. Y no solo por eso, como pronto veréis. El capitán Espárrago echó a andar por la selva, muy confiado. Comió alguna fruta, bebió agua de un manantial y, de pronto, le llegó un olorcillo sabroso, como a carne asada. Se le hizo la boca agua. Debió de haber sospechado que podía haber algún peligro, pero Espárrago no era muy de pensarse las cosas. Siguiendo el olor llegó enseguida a la entrada de una gruta. Un humo denso salía del interior, con un aroma delicioso. Así que el capitán, sin cortarse un pelo, lanzó un «Buenos días» a grito *pelao*, esperando que le invitaran a comer. Lo que no se esperaba es que fuera él quien estuviera a punto de convertirse en el menú.

—Deja que adivine —comentó Trolli—. El que salió a recibirle fue...

—Sí, ni más ni menos: el cíclope. Uno muy grande y muy feo. Y muy enfadado de ver intrusos en su isla. Espárrago se asustó un poco al ver a semejante mamotreto, pero en lugar de salir huyendo, hizo una reverencia y se quitó el sombrero. El cíclope miró al pirata con su único ojo, abrió un poco la boca, se le cayó un hilo de babilla (yo creo que se estaba relamiendo, aunque a lo mejor fue por la sorpresa) y, con un gesto rápido, agarró al capitán Espárrago como si fuera una simple zanahoria.

—Pobre capitán —se lamentó Sparta—. Aunque era un poco pirata, tampoco merecía morir así, devorado por un bicíclope.

—En todo caso, eso sí que es tener hambre y no lo tuyo, Mike.

—Pues no te creas, miau están entrando ganas de comer... ¿atún? ¡Si no me gusta!

—Calla de una vez, tragón. ¿Cómo sigue la historia, Rius? ¿Se comió el cíclope a Espárrago?

—¡No, mil tormentas! El monstruo no tuvo en cuenta que Espárrago no había llegado solo. Y sus hombres, extrañados por la tardanza, fueron a buscarlo. Bueno, por la tardanza y porque estaban hartos de cavar, que los piratas no son muy currantes. Al poco llegaron cerca de la gruta y al ver que el cíclope había cogido prisionero a su jefe y se disponía a cocinarlo, sacaron espadas y pistolones y atacaron al cíclope. Era tan grande y tan fuerte que apenas le hacían daño, pero lograron distraerle lo suficiente para rescatar al capitán y salir corriendo de allí.

—No se pensaron mucho el plan, ¿eh? —observó Invíctor.

—Con toda la rapidez de que fueron capaces regresaron al barco y se alejaron de la isla tan rápido como fueron capaces. Lo mejor de todo es que tenían tanto miedo que hasta abandonaron el tesoro en la playa.

—¡Tesoro! —exclamó Mike, olvidando por un momento la extraña situación en que se encontraba—. ¡Tesorooosss y riquezaaasss a mi alrededorrr!

—¡Madre mía, Mike, cada vez cantas peor! —dijo Raptor, tapándose los oídos.

—¡Bah, calumnias!

—Es que suenas como un gato.

—Miauuuu...

—Entonces, ¿consiguieron escapar? —preguntó Timba.

—¡Qué va! Ahí está la clave de todo. El cíclope era el guardián de la isla y no le gustaban los intrusos, y por eso le dio tanta rabia que se le escaparan. Pero no habría podido hacer nada al respecto si no fuera porque...

—Ahora viene lo de la maldición.

—Así es, Trolli; al arrancar el astrolabio de su sitio el capitán Mono había desencadenado una antiquísima maldición. Una especie de mal de ojo, y de ahí el nombre de la isla.

—¿Y en qué consistió?

—Ahí es donde la leyenda es menos precisa. En parte porque faltan algunas hojas del cuaderno de bitácora.

—¡Mike! —exclamó Trolli de pronto—. ¿Te las has comido tú?

—A miau que miau registren... Jo.

—No, no —aclaró Rius—. Es que alguien, en algún momento de los últimos cuatro siglos, puso una taza de café encima y manchó el papel. En esas hojas se explicaba la maldición y la forma de liberarse del mal de ojo del cíclope. Pero lo único que se puede entender es lo siguiente: Esparrago y los demás se convirtieron en animales humanizados, igual que había pasado con Mono y los suyos. Cada uno adoptó los rasgos del animal que mejor encajaba en su forma de ser. Espárrago, por lo visto, se convirtió en gallo. Su contramaestre en oso. Su timonel en...

—¡Que ya lo hemos *pillao*!

—Vale. Pues al parecer conservarían esa forma para siempre, condenados a vagar por los mares alrededor de la isla del Mal de Ojo sin volver nunca al mundo real.

—Está claro que tiene que haber algo más —observó Timba, usando a tope su lógica redonda—. Puesto que el capitán Mono se dirigía a la isla para intentar acabar con su propia maldición.

—¡Totalmente de acuerdo, rayos y truenos! La historia que el capitán Mono contara a Espárrago y a sus hombres es la clave. Por desgracia, el cuaderno de bitácora no explica demasiado al respecto. Sabemos que el barco de Mono había llegado a la isla unos días antes, que había desembarcado con sus hombres y se había llevado de cierta cueva o más bien templo el astrolabio mágico de marras. Y ya está. No sabemos qué hay que hacer para acabar con la maldición.

—Salvo que hay que ir a la isla del Mal de Ojo —observó Trolli.

—Eso sí, claro —admitió Rius.

—Pero Espárrago y Mono seguían por allí y sabían lo que había que hacer —añadió Timba, usando a tope su lógica redonda—. ¿Por qué no lo hicieron?

—¡Es que ese era el plan! Pero el cíclope, furioso, se puso a remover las aguas con todas sus fuerzas y convocó una tempestad que echó a pique el barco de Espárrago. ¡Pobre *Pluma Negra I*! El capitán apenas tuvo tiempo de trazar un plan desesperado: escribió esta historia a toda prisa en el cuaderno de bitácora y lo guardó dentro de un cofre junto con el astrolabio y alguna cosilla más, antes de que el barco se fuera al fondo del mar. Entonces tiró el cofre, bien cerrado, por la borda. ¡Fue como lanzar un mensaje en una botella!

—¿Y qué pasó con Espárrago, Mono y los demás? —preguntó Mike.

—De eso ya, ni idea. El cuaderno de bitácora no lo dice, como es lógico.

—A lo mejor se hicieron amigos del cíclope —dijo Mike.

—Más bien se los comería... si consiguió atraparlos —observó Timba.

—Bueno, cualquiera sabe —comentó, algo desalentado, Trolli—. Solo queda una duda: ¿cómo llegaron a tierra firme el cofre y su contenido?

—Hace unos años unos submarinistas lo encontraron cerca de los restos de un naufragio y lo trajeron a Tropicubo. Cuando se vio que el cuaderno de bitácora perteneció a Juan Espárrago, lo trajeron a mi casa. Entonces yo era un crío. Y ya adivino lo que me vais a preguntar ahora: no, nadie de aquella expedición vio ninguna isla por ninguna parte. Creo que solo es visible cuando el astrolabio se encuentra activo. Como ahora...

Rius dejó caer esta frase enigmática como si tal cosa, pero todos entendieron lo que quería decir.

—Vaya historia —comentó Sparta—. Es peor que las que nos contaban en la cárcel de Alcutrez.

—En todo caso está claro lo que tenemos que hacer, ¿no? —preguntó Trolli.

—¿Irnos a dormir? —preguntó Timba, bostezando.

—Bliblu... ¡No, hombre! ¡Debemos ir a la isla del Mal de Ojo! Ahora será visible, puesto que tenemos el astrolabio activo.

—¡Síííííí! —exclamó Mike, entusiasmado—. ¡Vamos a por el tesoro!

—¿Qué tesoro? —respondió Trolli, sin entender nada—. Vamos a romper la maldición de una vez por todas.

—Ah, bueno, eso también. Pero lo importante es el tesoro. ¡Diamiauntitos, diumiauuuu! ¡Miauldición! Sí, hay que acabar con la maldición.

—No hace falta decir más: Mike se está convirtiendo en gato a toda velocidad.

—Lo curioso es que la maldición habla de humanos que adoptan rasgos de animales a los que se parecieran —observó Rius—. Pero no decía nada de perros convirtiéndose en gatos.

—¿Cómo voy a ser yo parecido a un gato? —preguntó Mike, lamiéndose una pata y peinándose la cabeza a continuación—. Ayyyy, ¿habéis visto esto? ¿Cuándo salimos?

Se hizo un breve silencio antes de que Timba hiciera la pregunta clave.

—¿Hay alguna idea de lo que tenemos que hacer? —dijo, muy preocupado.

Preocupado porque se iba a quedar sin echar una cabezada, claro, pero también por el estado de su amigo Mike.

—De momento que nadie más toque el astrolabio —advirtió Trolli—. Por si la maldición se contagia. En cierto modo ha sido una suerte que solo haya afectado a Mike.

—Sí, menuda suerte —protestó el aludido.

—A los hombres de Mono y Espárrago se les pegó a todos —recordó Rius—, pero quizá fue porque el cíclope en persona les echó el mal de ojo a la vez.

Era la única explicación posible, desde luego. Pero tras ser testigos de lo que le ocurría a Mike y tras escuchar la historia de Rius, nadie quería arriesgarse a convertirse en... Vete a saber en qué.

—Qué fastidio, Rius —protestó entonces Mike—, podías habernos contado esta historia antes de que se activara accidentalmente el astrotrasto.

—Astrolabio —corrigió Trolli—. ¿«Accidentalmente»? Tendrás morro...

—Lo que sea. ¿No hay sardinas?

—No quedan —observó Sparta—. Pero hay atún. ¿No querías?

—Puede valer.

Ni en la peor de las situaciones perdía su apetito el bueno de Mike. Mientras el aturdido can... o felino saciaba su hambre, Timba hizo la pregunta definitiva:

—¿Vale, pues qué hacemos?

Había lanzado la cuestión al aire, pero en realidad se estaba dirigiendo a Trolli, que fue el primero en responder:

—Pues... No hay cuarenta soluciones. Podemos llamar a Ambrozzio para que nos informe de cómo llegar a la isla, pero no creo que funcione. Así que no veo más remedio que usar el astrolabio mágico para encontrar la isla del Mal de Ojo y acabar con la maldición. Es eso... o llevar a Mike al veterinario.

—¡No, al veterinario no! Prefiero enfrentarme al cíclope.

—Entonces... Solo necesitamos un barco.

—Eso ya lo tenéis, chicos —dijo Rius, abriendo los brazos, como indicando que *La Pluma Negra* estaba a su disposición.

Un espeso silencio llenó el camarote. Estaba claro que aunque los Compas no buscaran aventuras, las aventuras les buscaban a ellos. Fuera, la noche había llegado, oscura y llena de amenazas. Solo se oía el ruido del mar chocando con el casco del barco.

# 4. REGRESO A TROPICUBO

**C**ualquier aventura comienza dando el primer paso hacia delante. Aunque, en este caso, para los Compas había sido más bien un paso hacia atrás. Vamos, que tuvieron que regresar a su casa en el número 21 de la calle del Descrafteo de Ciudad Cubo, para preparar el equipaje.

Rius les había prestado amablemente su barco, *La Pluma Negra*, para que pudieran navegar hasta la isla del Mal de Ojo. El barco es lo único que les había prestado, eso sí, porque cuando los Compas preguntaron quién se apuntaba a la aventura, todos respondieron con el silencio. Ni el capitán, ni Raptor, ni Invíctor, ni siquiera el atrevido Sparta, pensaron que fuera buena idea enrolarse en una expedición de destino incierto. Maldiciones, cíclopes, piratas transformados en animalillos... Demasiados peligros para afrontarlos así, porque sí. El destino de la maldición dependía ahora de Trolli, Timba y Mike. Y se iban a preparar muy bien para cualquier peligro que pudiera acecharles.

Timba llenó su maleta de tapones para los oídos, antifaces para dormir, almohadas y, en general, accesorios para facilitar el sueño y *esforzarse* sin molestias. Pensándolo bien, no parece un equipo muy adecuado para enfrentarse a hechizos y monstruos, ¿verdad?

Trolli, como siempre más concienzudo que sus amigos, compró un par de trajes de bioseguridad nivel 4, los más potentes que se pueden encontrar en Ciudad Cubo. ¿Para qué? Bueno, digamos que quería evitar a toda costa que la maldición pudiera contagiárseles a él o a Timba.

—Me tratáis como a un perro sarnoso —se lamentó Mike.

—Pero es que ya no eres un perro —se mofó Trolli—, sino un gatito muy mono. Misi, misi, misi...

—¡Vale ya de bromas! Soy un perro. Esta cosa gatuna que me ha dado... es temporal, como un catarro. Ya lo veréis.

—Eso espero —comentó entonces Timba—, porque se me dan fatal los chistes de gatos. Aunque me acuerdo de uno. ¿Sabéis por qué un gato es animal dos veces?

—¿Por qué? —preguntó Mike.

—Porque es gato y araña.

De pronto fue el mundo al revés. Trolli se rio con ganas, a pesar de lo malo del chiste, más que nada para animar a Mike. Pero a este no le había hecho nada de gracia el chistecito, y eso que siempre le gustaban las gracietas de Timba. Este pensó que lo mejor era insistir un poquillo. No quería perder a su mejor espectador de toda la vida.

—Ahí tenéis otro: un gato va por la calle y se encuentra con otro gato. Entonces le saluda diciéndole «Miauuuu». Y va el otro gato y le responde: «Guau, guau». El primer gato se queda alucinado y le pregunta: «¿Por qué dices "guau" si eres un gato?». Y le contesta el otro: «Porque fui a un colegio bilingüe».

De nuevo, Mike se quedó serio. No le veía ninguna gracia al asunto de su transformación gatuna. Entendía lo que intentaban hacer sus amigos, pero no le consolaba lo más mínimo. Ni siquiera cuando Trolli dijo:

—En realidad, casi me gustan más los gatos que los perros. Les puedes rascar la tripa, no hay que sacarlos a la calle a hacer… A hacer sus cosas, vaya. Y viéndolo por el lado bueno, Mike, los gatos van más a su bola. No tienen que obedecer ni nada de eso.

—No, si visto así… Lo que pasa es que soy un perro. No quiero ser un gato.

—Venga, pues voy a contar otro chiste que…

—¡Nooooo! —cortó Trolli—. Tus chistes son la bomba, Timba, pero tenemos cosas importantes que hacer.

—¿Como qué? —preguntó Timba.

—Como prepararnos para partir. Ya tenemos todo empaquetado, solo falta que nos vistamos con estos trajes de bioseguridad.

Los trajes tenían un aspecto impresionante. Consistían en dos monos de goma de color amarillo con sus máscaras respiradoras. También incluían guantes y botas que encajaban a la perfección con el mono. Se ponían en un abrir y cerrar de ojos y, según la garantía del fabricante, eran a prueba de infecciones, contagios, contaminación química, gases intestinales, chiste malos, radiactividad y lo que fuera.

—Tenéis una pinta muy rara —comentó Mike al contemplarlos—. ¿Y por qué no hay un traje para mí?

—Obviamente —respondió Trolli colocándose la máscara respiradora que le cubría toda la cabeza—, tú no lo necesitas. ¡Ya eres víctima de la maldición!

—¿Es que estos trajes protegen de maldiciones y hechizos? —preguntó Timba, colocándose la máscara con el respirador en la nuca—. En las instrucciones no dice nada de eso.

—¡¿Pero cómo vas a leer las instrucciones?! Si te lo estás poniendo del revés.

—¡Ah, por supuesto! Es de lógica redonda, ya me parecía a mí que se veía muy mal. Todo amarillo.

—Venga, dejémonos de tonterías. Cojamos el equipaje y regresemos al puerto. Mike, ¿has preparado las provisiones? ¿Y tienes listas tus cosas?

—Pues... Las provisiones, sí. Y para mí había preparado un cargamento de huesos. Pero resulta que... no me apetece.

—¡Diablos, la situación es grave de verdad! —exclamó Timba, con los ojos abiertos como platos.

—Lo único de lo que tengo ganas es de llevar un ratón de trapo, latas de sardinas y cordoncitos para jugar. ¡Miauuuuu!

—Vale, vale, no nos pongamos nerviosos —cortó Trolli—. Esto es temporal. Cuanto antes nos hagamos a la mar, antes estaremos de vuelta con Mike perruno de nuevo.

—Ojalá tengas razón, Trolli —suspiró Mike, pero el suspiro sonó más bien como un ronroneo.

De la casa de los Compas al puerto no hay mucha distancia, pero cuando llegaron, Timba y Trolli ya estaban sudando como pollos. Prácticamente iban chapoteando dentro de sus trajes de bioseguridad 4. El verano no es la mejor época para llevar esa clase de equipos.

—Vaya idea la de los trajecitos, Trolli. Vamos a morir deshidratados.

—La seguridad es lo primero.

Será lo primero, pero no siempre se puede tener todo en cuenta. Mientras caminaban, Mike iba tan triste que no se fijaba en lo que hacía. En los últimos minutos había comprobado que el pelo de las patas le estaba cambiando de color, formando un dibujo a rayas como el que muestran algunos gatos.

—Esto no para, es terrible —exclamó—. ¿Qué más me puede pasar?

No debería haberlo preguntado en voz alta, porque si creía que las cosas le iban mal, estaban a punto de ir peor. La zona portuaria de Ciudad Cubo es un caos de tráfico de camiones y furgonetas que llevan cargas, paquetes y todo tipo de mercancías de un lado a otro. Mientras Mike se lamentaba, abriendo mucho las patas delanteras, no se dio cuenta de que se había quedado parado en medio de la calzada. Y justo en ese momento dio un brusco giro en el cruce más cercano el despistado conductor de un camión cargado hasta arriba de pescado.

Todo ocurrió en un segundo. Mike se volvió al notar en sus narices el delicioso olor de los peces... Justo para ver cómo se le venía encima el vehículo. El conductor, al encontrarse con el imprudente peatón en medio de la calle, pisó los frenos de golpe, pero llevaba demasiada velocidad. Un golpetazo, un sonido estruendoso y...

—¡Mike, nooooo! —exclamó Timba.

—¡Melocotón! ¡Pero qué ha pasado! —gritó Trolli.

Había pasado algo terrible, pero terrible de verdad. Mike yacía sobre la acera, aplastado como una galleta. Era como si hubieran recortado su silueta en cartón, en solo dos dimensiones. Durante un segundo los dos Compas huma-

nos observaron, pasmados, cómo un angelito con forma de perro, igualito a Mike, salía del aplanado cuerpo de su compañero y subía en dirección al cielo.

—¡Noooooooo, Mike! ¡Cómo lamento ahora la de veces que te amenacé con llevarte al veterinario!

—O con meterlo en la bañera —recordó Timba, muy entristecido, los ojos a punto de llenársele de lágrimas.

—Eso, o con meterte en la bañera. ¡Aaaaayyyy, Robertaaaaa! Y yo que pensé que no podía conocer más desgracias...

Mientras Trolli decía esto, llorando a todo trapo mientras Timba, también muy triste, le daba palmadas en la espalda para animarlo, una voz familiar sonó como si viniera del más allá. Pero en realidad procedía de mucho más cerca.

—¿Pero qué os pasa? ¡Si estoy bien!

Trolli y Timba levantaron sus llorosos ojos en dirección a la calzada. Allí estaba Mike, de pie, sacudiéndose el polvo como si tal cosa.

—Pero, pero... ¿Cómo es posible? Si te hemos visto...

—Plano como una hoja de papel.

—Pues no sé, chicos. Recuerdo el camión que se me venía encima, luego un momento de oscuridad, una música como de arpas... y de pronto aquí estoy otra vez.

El conductor del camión, que había bajado a toda prisa para intentar ayudar al herido, se quedó de piedra al ver que se encontraba bien.

—¡Menos mal! Creí que te había dado.

Y sin despedirse siquiera, se largó de allí tan rápido como pudo. Más tarde, cuando viera el abollón en la parte frontal de su vehículo, no entendería nada de nada.

Pero quien sí tenía la cosa clara, de repente, era Timba.

—¡Esperad, chicos! Es pura lógica redonda.

—A ver.

—¿Y si todo esto es una realidad virtual?

—¿Pero qué dices?

—Pensadlo bien: estamos viviendo extrañas aventuras, maldiciones... Y sin parar. ¿No es un poco raro?

Ninguno supo qué responder a eso. Pero era una posibilidad un poco inquietante.

—Bueno, todo puede ser —Trolli no supo qué más decir—. De momento estamos en medio de una maldición, así que vamos a intentar solucionarlo. Y sea lo que sea lo que ha pasado, Mike, procura tener más cuidado, cabeza de chorlito.

Así, más animados, cinco minutos más tarde los Compas llegaban al muelle donde se encontraba atracada *La Pluma Negra*. Rius y los demás se quedaron alucinados al ver el raro aspecto que presentaban los Compas. Dos de ellos enfundados en unos trajes amarillos de aspecto ridículo y cargados de maletas. A su lado, Mike, medio perro, medio gato, también amarillo, aunque más pálido que de costumbre.

—¿No exageráis un poco, muchachos? —preguntó Rius al ver los trajes.

Trolli iba a decir otra vez lo de «La seguridad es lo primero», pero tenía tanto calor que no le llegaba el aliento. Se limitó a asentir con la cabeza mientras subía a bordo.

A los Compas no les pasó desapercibido que sus amigos les tenían un poco de miedo. Vamos, que ni se acercaban, sobre todo a Mike.

—Miaaaauuuu, que esto no es contagioso.

—Por si acaso —dijo Raptor, con una sonrisa forzada.

—Bueno, chicos —intervino entonces Rius—. El barco está a vuestra disposición. Solo tenéis que seguir el rumbo que marque el astrolabio mágico y llegaréis a la isla del Mal de Ojo. Una vez allí solo tenéis que poner el astrolabio en su sitio.

—Cuidadín con el bicíclope —advirtió Sparta.

—Ciclostato —corrigió Invíctor.

—¡Lo que sea, mil tormentas! El astrolabio os llevará hasta la gruta o templo donde debe ser colocado de nuevo para acabar con la maldición. ¡Mucha suerte, amigos!

Todos desearon buena suerte a los Compas mientras bajaban del barco, uno a uno, procurando no tocar a Mike, ni tampoco a Timba o Trolli.

—Vale, chicos, pues ya estamos a punto —indicó Trolli—. Solo queda repartir los cargos.

—¿Qué cargos? —preguntaron Mike y Timba a la vez, con cara de sorpresa.

—Pues los de la tripulación. ¿Qué cargos van a ser? Todo el mundo sabe que un barco no funciona sin su capitán, su contramaestre, etcétera.

—Ah, vale, pues me pido capitán —dijo Timba.

—No, mejor yo, que soy el de la miauldición. Capitán Mike Perruno. Suena bien.

—Que va a sonar bien con tanto «miau». Suena mejor Capitimba. No me digas que no.

—No.

—Bueno, ya vale, vosotros dos. Los cargos ya están repartidos. De eso se ocupó Rius. Al prestarnos el barco firmó un documento para la autoridad portuaria repartiendo los puestos. Aquí tengo el papel: capitán Trollino, *timbonel* Timba y *perromaestre* Mike.

—No sé yo si me gusta el reparto —dijo Timba—. Prefiero ser yo el capitán.

—Insisto en que debería ser yo, el de la maldición —sugirió Mike.

—Está claro que tengo que ser yo —concluyó Trolli—. Soy el único que sabe dirigir un barco.

—¿Y qué sabes tú de barcos? —preguntó Timba.

—He visto un vídeo en YouTube. Y una vez monté en un bote de remos en un parque acuático.

—Bueno, pues venga, qué más da —concedió Timba, pensando en que, a fin de cuentas, no había necesidad de hacer ni caso a las órdenes de Trolli.

—Por mí vale también. Desde que soy un gato no me gusta el agua.

—Antes tampoco te gustaba.

—Es verdad.

—¡Vamos, marineros, hagámonos a la mar! —ordenó Trolli, colocándose sobre el traje de bioseguridad una gorra de capitán—. *Perromaestre* Mike, ocúpese del astrolabio.

—Ya, claro, como nadie se atreve, tengo que ser yo... ¡Marramiauuu!

La salida del puerto apenas les llevó unos minutos. Aunque estuvieron a punto de tener un accidente, pues el *timbonel* se quedó dormido al timón apenas lo tuvo entre sus manos. *La Pluma Negra* pasó a medio metro de la escollera, repleta de rocas afiladas. Analizando la situación, Trolli prefirió ocuparse en persona de las maniobras más delicadas. Mike, por su parte, se limitó a indicar el rumbo marcado por el astrolabio: hacia el sur.

—¿Y dónde está el sur? —preguntó Trolli.

—Pues vaya capitán. Mira, el astrolabio lo señala. Es hacia allí. De todas formas hay una brújula en el timón, ¿no te has fijado?

—Es que el bote de remos no tenía timón, ejem... Bueno, vamos a otra cosa. De momento...

—De momento nos vamos a quitar los trajes, Trolli —dijo entonces Timba, despertando de su siestecita—. Porque si no, vamos a morir asados.

—Sí, quizá esto haya sido un poco exagerado. Además, la gente de los demás barcos no hace más que reírse de nosotros.

Las risas de los espectadores iban a ser el menor de sus problemas, pues los Compas no iban a tardar en verse metidos en problemas muy serios. Así que al menos no tendrían que afrontarlos embutidos en un traje de goma a cincuenta grados.

# 5. LA MALDICIÓN DE LOS COMPAS

**A** pesar de la escasa experiencia de los Compas como marinos y de que ni Timba ni Mike se tomaban demasiado en serio la «capitanía» de Trolli, todo fue bien durante las primeras horas de navegación. El viento era favorable, el mar estaba en calma y el sol brillaba en todo lo alto. ¿Qué podía salir mal?

Timba roncaba sobre el timón. Se supone que, como *timbonel*, no debería hacerlo, pero lo de *esforzarse* era superior a sus fuerzas y ya había vivido demasiadas emociones en las últimas horas. En cuanto al *perromaestre* Mike, se limitaba a frotar el lomo contra la cadena del ancla y a lamerse las patas. El capitán Trollino no dejaba de observar, preocupado, la transformación gatuna de su buen amigo. Así que, para entretener a sus dos compañeros de aventuras, decidió contarles alguna vieja leyenda marinera.

—¿Conocéis la historia de las sirenas? —les preguntó, de pronto.

Mike respondió con un ronroneo. Timba se despertó sobresaltado.

—¡Todo a babor! —gritó el *timbonel*, dando un brusco giro a la izquierda, creyendo que aún estaba dentro de sus sueños.

—¡Cuidado, que volcamos! —protestó el capitán Trollino.

El barco dio un giro brusco, pero aparte de eso, no pasó nada.

—Perdón, es que estaba... —se excusó Timba—. ¿Qué nos decías?

—Os iba a contar la historia de las sirenas.

—Ah, sí, esas chicas con cuerpo de pez —respondió Mike, relamiéndose—. Mmmmmiauuu, deliciosas.

—Sí, deliciosas —sonrió Trolli—. Si no fuera porque no son para comer, sino al revés. ¡Las sirenas se comían a los marineros!

—¡Venga ya! —cortó Timba, bien aferrado al timón—. Todo el mundo sabe que son unos seres encantadores, que cantan muy bien y viven bajo el mar.

—Sí, Timba. Eso en las pelis. Pero la leyenda cuenta otra cosa. Al parecer las sirenas se juntaban en grupos sobre los arrecifes y se ponían a cantar. El coro de sus voces era tan tentador que ni el más duro de los marineros podía resistirlo. Se acercaban, más y más, con sus barcos, para poder escucharlas mejor. Y entonces chocaban con las rocas, el barco se iba a pique y las sirenas se zampaban a los infortunados náufragos.

—¡Vaya historia! —protestó Mike—. Prefiero la versión de las pelis.

—Por cierto —intervino Timba—, cuando dices «arrecifes», ¿te refieres a rocas como aquellas de allí?

El capitán Trollino miró a lo lejos con su catalejo. Lo había tomado al revés, por lo que lo veía todo más pequeño de lo normal, en vez de más grande.

—Eeeeeh, supongo que sí. Pero todavía estamos muy lejos, muchachos. ¡A toda máquina!

En lugar de cumplir las órdenes del capitán Trollino, Timba soltó el timón y corrió a buscar en su maleta. ¿Pero qué buscaba? Salió un segundo después del camarote con una caja de tapones para los oídos en la manos.

—¡Vamos, chicos, poneos los tapones! —gritó—. Así no podremos oír el canto de las sirenas.

—Pero, pero... No hace falta. ¡Lo de las sirenas es una leyenda, un cuento para niños!

—Sí, sí, como las maldiciones. Y luego mira lo que pasa.

—Una cosa que me extraña —dijo entonces Mike—, es que si las sirenas engatusaban a los marinos con sus cánticos y luego se los comían, ¿cómo se ha llegado a conocer la leyenda? No habría quedado nadie para contarlo.

—Es que hubo un marino que se salvó. Ulises, un antiguo aventurero griego, que se ató al mástil de su barco y pudo escucharlas cantar sin sentir el impulso de arrojarse al agua.

—¡Aquí hay un rollo de cuerda, por si acaso! —exclamó Mike.

Timba asintió mientras se ponía un tapón en cada oído y le pasaba otros a Mike y a Trolli. El capitán, desalentado, solo pudo decir una cosa:

—Madre mía, vaya dos.

Mientras el *timbonel* y el *perromaestre* tomaban estas precauciones *La Pluma Negra* se fue aproximando peligrosamente a las rocas, que estaban mucho más cerca de lo que a Trolli le había parecido al usar mal el catalejo.

—¡*Timbonel* Timba, atención! ¡Peligro de choque! ¡Todo a estribor! ¡Melocotóóón!

Pero el *timbonel*, con los oídos bien tapados, no escuchó ni una palabra. Solo veía a Trolli gesticular, pero como lo hacía a menudo, no le hizo el menor caso. Mike, también con los oídos tapados, se puso a roer la cuerda. Sabía a pescado. Estaba rica.

El desenlace de la maniobra no se hizo esperar. *La Pluma Negra* rozó uno de los arrecifes por el costado derecho. El choque no llegó a abrir una vía de agua, pero el barco se inclinó peligrosamente y una gran ola barrió la cubierta empapándolos a todos.

—¡Miau! Odio el agua. Y más si está tan salada.

—¡Timba, quítate esos tapones, nos vas a matar!

Timba, ahora consciente del peligro, trató de maniobrar, pero el oleaje empujaba al barco una y otra vez contra los escollos. Forzando el timón y aprovechando el oleaje, logró al fin alejarse del peligro lo suficiente como para no naufragar. Trolli se asomó por el costado de la nave y observó

los daños. No parecían muy graves pero, ahora sí, se había abierto una grieta en el casco.

—¡Maldita sea, qué cerca ha estado! Por suerte el roto se encuentra sobre la línea de flotación. Un poco más y nos vamos al fondo. ¡¿Pero cómo se os ocurre ser tan bobos?!

—Eh, que yo solo estaba tomando el sol —protestó Mike—. El que lleva el timón es Timba.

—Lo siento, capitán Trollino —se excusó el aludido—. Es que esa historia de las sirenas me ha dado miedo.

—Madre mía, pero si lo de las sirenas es un simple cuento de niños.

—¿Seguro? —preguntó Mike, señalando con su pata (ahora más bien garra gatuna) en dirección a los arrecifes. Pues si eso que hay ahí es un cuento, es que yo vuelvo a ser un perro-perro.

Timba y Trolli dejaron de discutir, dirigieron sus ojos hacia donde apuntaba Mike y, para su asombro (sobre todo del segundo), allí estaban: media docena de sirenas sentadas sobre los arrecifes, aclarándose la garganta y listas para ponerse a cantar.

—¡Melocotón, estamos en apuros!

Trolli se apresuró a ponerse los tapones en las orejas, y lo mismo hicieron sus amigos. A continuación dio las órdenes necesarias para alejarse de tan peligroso lugar. Y entonces, Mike y Timba hicieron algo inesperado... ¡Volver a quitarse los tapones de los oídos!

—¡Pero qué hacéis, *atontaos*! —exclamó el capitán Trollino, asombrado.

—Es que con los tapones no te oigo —respondió Timba.

Mala idea. De pronto la voz de las sirenas comenzó a llenar el aire con su embrujo, y Timba no fue capaz de resistirse.

—Qué bonito... Voy a tirarme al agua para escucharlas mejor.

—¡Noooo, Timba! ¡Te devorarán!

Pero Timba ya solo podía escuchar el canto mágico de aquellos seres. Trolli, viendo que no había manera de frenar a su amigo, tomó un trozo de cuerda y se apresuró a atarlo. Como no se resistía, por estar embrujado, no le costó mucho trabajo.

—Excelente. Así no te tirarás al agua —dijo Trolli, sacudiéndose las manos.

—¿Pero le has sujetado a algo? —preguntó entonces Mike.

—Ah, pues...

Demasiado tarde. Aun atado, Timba se lanzó al agua. Y de inmediato comenzó a irse hacia el fondo, porque con tanta cuerda le resultaba imposible nadar.

—Cómo, glub, molan, glub, glub, las sirenas —dijo, mientras comenzaba a hundirse.

La situación era espantosa y Trolli no dudó ni un instante: se arrojó también al mar para salvar a su amigo, pero tuvo tan mala suerte que, al hacerlo, se le salieron los tapones de los oídos. Con mucho esfuerzo consiguió sacar la cabeza de Timba fuera del agua, pero entonces ambos cayeron bajo el hechizo de los cánticos. Era cuestión de segundos que las sirenas los capturaran y se los comieran.

Y mientras tanto, ¿qué hacía Mike?

Pues contemplar la escena sin saber muy bien cómo actuar. Tenía que salvar a sus amigos, eso estaba claro, pero por otra parte le daba terror el agua, como le suele pasar a los gatos. Nervioso, al escuchar el canto de las sirenas no se le ocurrió nada mejor que ponerse él también a cantar, a voz en grito, como si les hiciera coros:

—¡Sireniiiiiitaaaaa, sirennniiiiiitaaaaaa, miaujeeeeresspeeeez a miauuuu alrededorrrrrr!

Lo hacía tan mal, tan desafinado y tan alto, que en cuestión de segundos ya no se oía lo que cantaban las sirenas. No solo eso: las extrañas criaturas mitológicas empezaron a poner caras raras, como que no aguantaban los cánticos, o más bien maullidos, de ese raro animal que las estaba agrediendo, sonoramente, desde el barco. Apenas aguantaron treinta segundos antes de callarse todas, arrojarse desde los arrecifes y sumergirse en las profundidades del mar.

—¡Glub, Mike, nos has salvado! —exclamó Trolli, agradecido, mientras soltaba, aún en el agua, las ligaduras de Timba.

—¡Bah, no ha sido nada! Mujeres pez a mí —se jactó el valiente cánido-felino.

Mientras Trolli y Timba volvían a subir a *La Pluma Negra*, el segundo cayó en la cuenta de un detalle.

—Lo que no entiendo, Mike, es por qué a ti no te ha afectado el canto de las sirenas.

—Ah, pues... Supongo que tendrá que ver con la maldición.

—O con tu pésimo oído musical —añadió Trolli—. En todo caso, algo ha quedado claro: esta aventura va a estar llena de peligros. Así que, a partir de ahora, tenéis que hacer caso siempre al capitán Trollin... ¡Eh!

Demasiado tarde. Timba, agotado, estaba roncando sobre la cubierta. Y Mike... A Mike le había entrado hambre. Las sirenas le habían parecido muy apetitosas. Trolli suspiró y decidió que quizá no era mala idea detenerse por un rato

para descansar. Más tarde tendrían que dedicar un tiempo a reparar los daños sufridos por el barco.

—De acuerdo, de acuerdo —concedió—. Mike, ¿qué tal si comemos algo?

—Creí que nunca te oiría pronunciar esas palabras.

Trolli tomó la mochila con las provisiones que había preparado Mike antes de partir. Un cometido fácil para el *perromaestre*, ¿verdad? La mochila estaba llena a rebosar; lo que prometía un festín digno de un príncipe. Trolli la abrió, empezó a sacar paquetes y...

—Mike, ¿pero qué has traído?

—Lo más rico del mundo.

—¡Pero si solo hay tabletas de chocolate y latas de atún! ¡Serás melón!

—Oye, que soy un gato-perro. Haberte encargado tú.

—Madre mía... ¿No hay ni siquiera un poco de pan?

—Puedes hacerte un bocata de atún con chocolate. ¡Está buenísimo!

Al decir esto, Mike se preparó un sándwich siguiendo tan curiosa receta. Al verlo, a Trolli se le quitó el hambre. Timba, ajeno a todo, siguió *esforzándose* un buen rato. Aunque no tan ajeno, porque le oyeron murmurar, entre sueños:

—Zzzzz... «Pepezzz, si en una mano llevo cien bombones y en la otra ciento cincuentazzzz —roncaba Timba—, ¿qué es lo que tengo?». Y responde Pepezzzz: «Tienes unas manos muy grandes». Zzzzzzz...

—Míralo, hasta dormido cuenta chistes —observó Trolli, comiendo un poco de atún, ya que no había otra cosa.

—Je, je, tiene gracia.

Pasada la hora de la siesta los Compas se pusieron a reparar el barco. Los daños no eran graves, pero convenía darles un repaso, sobre todo a la grieta que se había abierto en un lado del casco y por la que podía entrar agua en caso de tormenta. El único problema es que ninguno de los Compas sabía muy bien cómo arreglar un barco.

—¿Y si lo tapamos con una manta?

—Eso no evitará el paso del agua.

—Podemos poner plástico de burbujas. Es impermeable.

—No hay.

—Yo lo taparía con miga de pan duro.

—¡No hay pan, no has traído!

—Vale. Pues ¿qué tal si clavamos unos tablones? Tenemos martillo y clavos.

—¿Y los tablones?

—Podemos desmontar la mesa. Es una emergencia.

—Pues sí. Además, para lo que tenemos de comida, es un mueble que sobra.

Así que se pusieron manos a la obra. Pero deshacer una mesa no es tan sencillo como parece. Timba daba martillazos por un lado, Trolli serraba por otro y Mike le pegaba mordiscos aquí y allá.

—Mmmmmm, no está mal, esta madera.

Al cabo de un rato disponían de unos cuantos tablones más o menos adecuados. Solo faltaba clavarlos en su sitio. Trolli pensó en lo que diría Rius al ver semejante chapuza en su barco, pero de momento no había otra, así que cogió una tabla, la colocó en su sitio y le pidió a Mike el martillo.

—Ahí va —dijo Mike—. ¡Cógelo!

El capitán Trollino tomó sin mirar la herramienta que le pasaba Mike y se dispuso a clavar con ella el primer clavo. Pero al instante se dio cuenta de que algo raro sucedía. Unas lucecitas de colores bailaban a su alrededor.

—Pero esto... ¡Esto no es un martillo! —exclamó horrorizado—. ¡Me has dado el astrolabio!

—¿Qué? No me digas. Claro, es que con tanta herramienta por aquí me he hecho un lío.

—Y lo peor es que creo que lo he girado un poco. ¡Ay, Robertaaa! —exclamó Trolli, arrojando el objeto mágico al suelo.

—Espera, no te pongas en lo peor —advirtió Timba, tranquilizador—. Casi no lo has tocado, no creo que pase nada...

—¿Pero qué haces? —gritó de nuevo Trolli.

—¿Qué hago de qué? —preguntó Timba, sorprendido.

—¡Que estás recogiendo el astrolabio con las manos! —le respondieron a la vez Mike y Trolli.

—¡Maldición, es verdad! —exclamó Timba, soltando el artefacto embrujado.

Pero era demasiado tarde. El astrolabio cayó sobre cubierta con un estruendoso ruido metálico, rodó un poco, soltó más lucecitas, dio unas vueltas y al final se detuvo mostrando con toda claridad a los tres Compas su parte trasera, aquella donde aparecían los retratos de las víctimas de la maldición. Y ya no estaba el rostro de Mike.

—Bliblu...

—No me digas que...

—Sí, chicos —dijo Mike, entristecido—. Son vuestras caras. Me temo que ahora sois también víctimas de la maldición.

—¿Y qué nos va a pasar? —se preguntó el capitán Trollino.

—Eso. ¿En qué nos vamos a convertir? —se preocupó el *timbonel* Timba.

—Me temo que no tardaremos en saberlo.

No servía de nada lamentarse. Ahora los tres Compas sufrían la maldición de la isla del Mal de Ojo. Lo único que podían hacer era acabar de reparar el agujero y volver a navegar cuanto antes. No tardaron demasiado y al cabo de un rato *La Pluma Negra* volvía a surcar aquellos misteriosos mares con Timba al timón. Pero ni el *timbonel* ni el capitán Trollino estaban tranquilos. No hacían más que mirarse uno al otro, buscando signos de alguna transformación.

—No siento nada raro.

—De momento, Trolli.

—¿No te han crecido un poco las orejas?

—Mmmm... No, no parece. ¿No te han crecido a ti?

—Yo lo que noto es una sensación rara en los dientes de arriba.

—Yo también.

—A lo mejor es el cansancio. Llevas mucho rato al timón, Timba. ¿Quieres que te releve?

—No, no hace falta. Yo me ocupo, el timón es lo mío.

—¿Seguro que no te vas a dormir? Está haciéndose de noche. Ya casi no se ve.

—Qué va, qué va. Estoy totalmente despiert... ¡Zzzzzzz!

—Lo que te digo —susurró Trolli, para no despertar a su amigo—. Ya está roncando.

—Eh, ¿qué es ese olor delicioso? —preguntó entonces Mike, acercándose desde la proa.

—¿Olor? —se extrañó Trolli—. No noto ningún olor.

—Sí, sí que lo hay. A algo riquísimo.

—Yo no noto nada, Mike. Aunque tengo un antojo. Sí, me gustaría zamparme un cachito de queso.

—¿Queso? —dijo entonces Timba, despertándose—. A mí también me apetece.

—Qué raro es todo esto —observó Mike—. Está muy oscuro, voy a encender la luz.

«Encender la luz» en *La Pluma Negra* no era tan fácil. Para iluminar la cubierta había que prender la mecha de un farol de petróleo. La verdad es que el sol se había puesto hacía al menos media hora y la oscuridad era ya muy intensa. Al prender la luz, el pobre Mike descubrió un espectáculo sorprendente... y aterrador.

—¡Ya me parecía a mí que olía demasiado bien a cosa comestible! —exclamó.

—¿Pero qué pasa? —dijo Trolli.

—Eso —subrayó Timba—, ¿qué es lo que...? ¡Ay, no!

Sí, no hacía falta que nadie respondiera. A la luz del farol quedaba claro que la maldición ya había hecho presa en Trolli y Timba. Orejas grandes y redondas. Pequeños bigotes. Grandes incisivos superiores. No había duda, se estaban convirtiendo en...

—¡Deliciosos ratones a bordo!

# 6.
# LAS DESVENTURAS DEL CAPITÁN JUAN ESPÁRRAGO

—¿Nos estamos convirtiendo en ratones, en serio?

—No, no, no, esto tiene que tener otra explicación —empezó a decir Trolli, tocándose las orejas—. ¡Melocotón! No, no la tiene.

—¡Es la maldita maldición! —se lamentó Timba.

—Miau, chicos, creo que tenemos otros problemas más importantes.

—¿Más importantes? ¿Qué puede ser más importante?

—Pues que lleváis media hora lamentándoos, habéis dejado suelto el timón y... ¡vamos directos hacia una tormenta!

Pues sí. Mientras Timba y Trolli comprobaban que, para su desgracia, habían caído presas de la maldición, *La Pluma Negra* había ido a la deriva hasta acercarse a una tormentaza repleta de nubes negras, rayos y truenos. En cuestión de minutos el barco se vio violentamente sacudido por el oleaje mientras la lluvia y un viento huracanado barrían la cubierta.

—¡A toda vela! —exclamó el capitán Trollino, tratando de poner orden en cubierta.

—¡No hay velas, se las ha llevado el aire! —le respondió el *timbonel*—. ¿Qué hago, capitán?

—¡No lo sé! No tuve tiempo de ver el tutorial de Internet sobre cómo navegar en medio de una tormenta.

—¡Ay, estamos perdidos! —se lamentó el pobre Mike—. Voy a morir con el estómago vacío.

Por si fuera poco la tormenta, la noche comenzó a envolverlos con su manto de oscuridad. De pronto no se veía nada, salvo los breves instantes en que todo quedaba iluminado por el resplandor de algún rayo. ¡Y entonces fue peor, porque los Compas se dieron cuenta del tremendo lío en el que estaban metidos! Olas gigantes les llegaban por todos lados y daba la sensación de que solo un milagro podría sal-

varlos. Si la tormenta no acababa pronto, estaban seguros de que no tardarían en irse a pique.

Entonces ocurrió la tragedia. El *perromaestre* Mike se había puesto en la proa para avisar a Timba desde dónde venía la siguiente ola, pues la única manera de evitar que el barco volcara consistía en atacar las olas de frente. Pero había tantas y venían tan rápido que la tarea se estaba volviendo imposible. Así, una ola surgida como por sorpresa chocó contra la parte delantera del barco y lanzó al pobre Mike a la negrura del mar.

—¡Noooo! —exclamó Trolli, al verlo—. ¡Timba, hombre al agua! Digo… ¡gato al agua! Para las máquinas.

—Se pararon hace un rato, Trolli: entró agua en el motor.

—¡Corre, hay que salvar a Mike!

—¿Dónde ha caído?

—¡No lo sé! No se ve nada con esta oscuridad.

—Si por lo menos nos alumbrara algún rayo.

Como respondiendo al deseo de Timba, un potente relámpago rompió las tinieblas. Y allí, forcejeando en medio de las olas, se encontraba Mike. Estaba diciendo algo, pero con tanto ruido resultaba imposible escucharle. Por sus gestos parecía más molesto que preocupado por haber caído al agua. A fin de cuentas... ya era casi un gato-gato.

El relámpago cesó y todo se volvió oscuro de nuevo. Trolli tomó un salvavidas de cubierta, lo ató con un cabo de cuerda y lo arrojó en la dirección en la que, más o menos, calculaba que se encontraba Mike. Mientras el salvavidas volaba, el cielo estalló con un nuevo relámpago, más potente que el anterior. Este tipo de iluminación no dura mucho, pero en este caso se mantuvo lo suficiente para ver cómo el salvavidas aterrizaba duramente sobre la cabezota gatuna de Mike y lo dejaba sin sentido. A continuación, el valeroso aunque desafortunado Compa se hundió bajo las aguas y un segundo después...

—No fastidies —dijo Timba—. Otro angelito que va al cielo. Justo igual que antes, con el atropello.

—¡Aaaay, Robertaaa! ¡Que me he cargado a Mike!

—No, hombre, ha sido un accidente —trató de consolarle Timba.

—¡Nooooo! ¡Que lo he *matao*! Pobre amigo mío, nunca volveré a verlo, qué desgracia más grande. ¡Buaaa!

Mientras el pobre Trolli lloraba por la muerte de su amigo, Timba escuchó unos gruñidos familiares a proa. Afinó la vista y, en la oscuridad, distinguió un bulto con una forma muy familiar que subía a bordo gruñendo.

—¡Odio el agua, qué poco me gusta mojarme! Y no es por ser gato. Cuando era perro tampoco me gustaba. Antes olía a perro mojado y ahora apesto a gato empapado.

—¿Mike? —preguntó Trolli, aún con los ojos llorosos.

—Pues claro. ¿Quién si no? Esto de navegar es un asco.

—¡Mike, amigo mío! —Trolli corrió a abrazarlo—. Creí que te había perdido para siempre.

—¡Ejem, gracias, Trolli! La verdad es que yo también me vi en apuros. Estaba en medio de las olas, algo me dio en la cabeza y, de pronto, estaba subiendo de nuevo al barco. Es bastante extraño.

—¡Nada de extraño! —dijo entonces Timba—. Ya lo entiendo. Está clarísimo, es pura lógica redonda.

—¿De qué hablas? —preguntó Trolli.

—Pues de qué va a ser: Mike es ahora un gato. ¡Tiene siete vidas!

—Pero eso es una leyenda.

—No, no aquí, en un mar mágico y bajo el influjo de una maldición.

—¿En serio? —preguntó Mike—. Entonces, a lo mejor no está tan mal lo de ser gato.

—En todo caso —comentó Trolli—, no hay que confiarse. Así a lo tonto ya has gastado dos vidas.

—Mejor eso que estar muerto del todo, ¿no? Y ahora, ¿qué os parece si intentamos salir de la tormenta?

Con los tres Compas más atentos, cada uno en su puesto, consiguieron poco a poco alejarse del foco de la tempestad. No resultó fácil, pero los mayores peligros habían pasado. Aunque les llevó un buen rato: para cuando lograron verse a salvo había pasado toda la noche y el cielo empezaba a clarear por el este. Una neblina baja cubría el mar hasta donde alcanzaba la vista. La sensación era de irrealidad, como de encontrarse en medio de un mundo misterioso.

—Parece que estemos en un plato de sopa —comentó Mike, intentando distinguir si había arrecifes o algún otro peligro acechando entre la niebla.

—Siempre pensando en comer, Mike.

—¿Cómo no? Si ahora hasta vosotros dos oléis a comida.

—¡Ejem! Mejor no pensar en eso —dijo Timba, moviendo los bigotes ratoniles que le habían salido.

—Pues no sé yo si... ¡Un momento! —exclamó de pronto Mike—. «Cosa» a estribor y a proa.

—¿Cómo que «cosa»? —preguntó el capitán Trollino.

—Bueno, es que no se ve muy bien. Pero tenemos algo ahí delante.

Mientras el *timbonel* Timba mantenía el rumbo del barco, Trolli se acercó a proa con el catalejo. Esta vez lo apuntó bien, pero con tanta niebla apenas distinguía detalle alguno.

—Podría ser un barco —comentó—. Aunque también una ballena. O unas rocas. O puede que un enorme cubito de hielo.

—¿Pero cómo va a haber un cubo de hielo en un mar tropical? —dijo Mike, sacudiendo la cabeza—. Es una idea propia de un... ¡De un ratón!

—Espera. Creo que se mueve. Ahora se ve mejor, la niebla se está disipando. ¡Es una especie de bote salvavidas! ¡Y lleva alguien a bordo!

—Seguramente son náufragos de la tormenta —dijo entonces Timba—. Han tenido suerte de dar con nosotros. ¡Los Compas al rescate!

—Sí, seguramente —contestó Trolli con el catalejo fijo en el bote.

Pero no, en realidad no estaba muy seguro de que fueran náufragos. Y menos aún a medida que se acercaban y podía distinguir el bote y a sus ocupantes con mayor claridad. Que era un bote salvavidas, ahora no cabía duda. Aunque parecía de un modelo bastante antiguo y tenía las tablas medio pochas. Pero lo más llamativo eran sus tripulantes. Tres tíos raros, pero raros de verdad.

Uno de ellos era un hombre muy corpulento, con cabeza de elefante y un gesto un poco bobo. A su lado un hombre-pingüino, delgado, pero muy elegante, que no paraba de moverse de un lado a otro. Y el tercero, el que parecía el jefe de todos, un tipo con pinta de gallo, el pecho saliente y la cabeza adornada con la cresta típica y una melena muy extraña. Como si fuera un manojo de espárragos. Trolli tenía pocas dudas.

—Chicos, me parece que nos hemos topado con otras víctimas de la maldición.

—Sí —confirmó Mike—. Y además... Miau parece que esto confirma la historia que contó Rius.

—No adelantéis acontecimientos, chicos —advirtió Timba—. Voy a maniobrar el barco para que podamos recogerlos.

No fue una buena idea. El hombre-gallo, al ver acercarse tanto un barco desconocido sacó su arma, una vieja pistola de siglos atrás, y disparó a ciegas. Con tan mala suerte que acertó a Mike en medio del pecho.

—¡Maldita sea! Miau muero. Esto sí que es mala suerte.

—¡Mike! —gritóTrolli. Esto de morirte empieza a ser ya una costumbre.

—¡Pero qué hace, animal! —exclamó Timba.

Al mismo tiempo, muy enfadado, dio un golpe de timón que golpeó el bote de los náufragos, rompiéndolo en mil

pedazos y haciéndoles caer al agua. Mientras tanto, el angelito de Mike subió de nuevo al cielo mientras el pobre gatoperro volvía a la vida por tercera vez.

—A ver, los del agua —gritó Trolli, satisfecho de ver a su amigo regresar de la muerte... otra vez—. Vamos a rescataros. Pero antes tirad todas las armas que llevéis.

Los tres náufragos dudaron un instante, pero no tenían opciones. Obedecer o ahogarse, esa era la única opción.

—¡Naufragios a babor! —exclamó el hombre-gallo—. Os pido disculpas, muchachos. Llevamos mucho tiempo en ese cascarón de nuez y eso pone nervioso a cualquiera.

—Por suerte no ha habido que lamentar víctimas, señor...

—¡Por todas las tormentas! Ahora, con estas pintas de gallo mareado, no sé muy bien quién soy. Pero en mis buenos tiempos era conocido como el capitán Juan Espárrago.

—Me lo estaba temiendo —murmuró Timba por lo bajo.

—Y estos dos bribones son mi timonel, Pánfilo, el de la pinta de pingüino. Y el otro grandullón es Vicente, mi contramaestre. ¿Y quiénes sois vosotros?

—Yo soy el capitán Trollino, y no me gusta el langostino.

—*Timbonel* Timba, capitán Espárrago.

—Y yo soy Mike, el *perromaestre*.

—¿Perro? —se sorprendió el capitán Espárrago—. Si pareces un gato. Y por lo que he visto tienes vidas de repuesto.

—Eso es por la maldición.

Al pronunciar esa palabra, el viejo pirata cerró los puños con rabia.

—Ah, sí, por todos los peces del mar. ¡Voto a bríos, que algún día acabaré con esa maldita maldición y, de paso, con ese cíclope endiablado!

Así pues, la leyenda que Rius había contado a los Compas era cierta. Y ahí estaba, al cabo de cuatro siglos, el capitán Espárrago en persona. O en gallo. Él y sus hombres eran los únicos en el mundo que sabían cómo acabar con la maldición. Los Compas no tardaron en contar su historia, la leyenda de Rius y todo lo que les había pasado desde que se hicieron a la mar.

—¿Así que mi descendiente se llama Rius? ¡Un nombre ridículo, pardiez! ¿Y mi tátara-tátara-tataranieto llamó a este barco igual que el mío? ¡Ja, ja, ja! ¡Si no lleva ni un solo cañón a bordo!

—Las cosas cambian, ha pasado mucho tiempo, capitán —observó Timba.

—¡A mí me lo vais a contar! Creí que me volvía loco en ese bote.

—Pero, ¿qué es lo que pasó desde que usted y sus hombres cayeron bajo la maldición? —preguntó Trolli—. Su cuaderno de bitácora no lo explica.

—¡Por supuesto que no, pequeños malandrines! No me dio tiempo. Aquella tormenta de mil diablos hundió mi barco y a duras penas pudimos subirnos todos a bordo del bote. Y cuando digo «todos» es «todos»: los hombres del capitán Mono y los míos. Íbamos tan apretados que casi no podíamos respirar. Pero no duró mucho. La mayoría se arriesgó a ir a tierra... Acabaron devorados por el cíclope Casimiro.

—¿Casimiro? —se rio Timba—. Ese sí que es un nombre ridículo. Bueno, al menos para un bicíclope.

—¡Cíclope! El caso es que al final solo quedamos Vicente, Pánfilo y yo. Menos mal que Vicente se trajo una baraja. Si no... ¡menudo aburrimiento, pardiez!

—¿Y para comer?

—De eso me ocupaba yo —dijo entonces Pánfilo—. Se me da bien pescar.

—¡Y ya estamos hartos de pescado! —protestó Vicente—. ¿Qué tenéis a bordo para comer?

—Pues… Me temo que… —Trolli no sabía muy bien cómo explicarles que casi todas las provisiones eran latas de pescado. Casi todas—. ¡Tenemos esto, chocolate!

Fue ver el chocolate y los tres piratas se lanzaron sobre la tableta como locos. Llevaban siglos sin probar algo que no saliera del mar.

—¡Delicioso, mil rayos!

—Capitán Espárrago, es importante que nos lo diga —intervino Mike—. ¿Cómo se rompe la maldición? Usted lo sabe, ¿verdad?

El pirata, con la boca manchada de chocolate, miró a Mike y luego a sus dos amigos.

—Puede ser que lo sepa, sí… Pero ¿por qué habría de deciros nada más? No sé si puedo fiarme de vosotros.

—Hombre, eso es de lógica redonda, capitán: les hemos salvado y nosotros también sufrimos la maldición, como puede ver.

—Ya, ya, pero… Iré al grano: ¿tenéis el astrolabio?

—¡Pero cómo no lo vamos a tener! —casi ladró Mike, y en el enfado le salió de nuevo su genuino carácter perruno—. Estamos aquí, ¿no? No podríamos haber llegado sin el astrolabio.

—Sí, eso tiene sentido —admitió el pirata—. Está bien, os contaré lo que queréis saber. Pero solo si os comprometéis a que acabemos de una vez con esta maldición. No sé vosotros cuánto tiempo lleváis con esas pintas absurdas de gato y ratones, pero para nosotros ya es demasiado.

—¡Pero si hemos venido a eso! —exclamó Mike, con el pelo del lomo erizado, al tiempo que sacaba las uñas.

—Vale, vale, gatito —se mofó el capitán—. El proceso en sí no es muy complicado. Me lo contó el capitán Mono. Hay que seguir la ruta del astrolabio y volver a colocarlo en el sitio donde fue robado: sobre el altar del Templo de los...

—¡Capitán! —advirtió Pánfilo, que no era tan bobo como indicaba su nombre.

—Ah, sí. Quería decir en el templo, a secas. Una vez hecho esto, la maldición acabará y todos volveremos a la normalidad. Luego solo tendremos que alejarnos de estas aguas antes de que el cíclope revuelva las tormentas de nuevo, como hizo hace cuatro siglos.

—Vale, está tirado —dijo Timba—. ¿Vamos ya o qué?

Con la ayuda de tres marinos expertos *La Pluma Negra* no tardó en surcar el mar de nuevo. El astrolabio mágico seguía indicando el rumbo a seguir y todo parecía ir bien. ¿Todo? No, porque Mike estaba un poco mosqueado. Desde el principio le había parecido rara la actitud del capitán Espárrago, por lo que se propuso no quitarle ojo de encima. Eso es lo que se propuso. Por desgracia Mike suele verse dominado por su estómago con mucha facilidad. Y en esta ocasión no iba a ser diferente.

Mientras observaba los movimientos de los piratas llegó de nuevo a sus narices el olor de sus amigos convertidos en ratones. En otra situación le habría dado igual, pero ahora le resultaba tan delicioso como si estuviera olfateando un buen y sabroso hueso de dinosaurio. Durante unos segun-

dos intentó concentrarse en su idea de controlar a los piratas, pero de pronto no pudo resistirse: el instinto gatuno pudo más que sus buenas intenciones y se lanzó sobre Timba que, desprevenido, no vio venir el ataque.

—¡Ya eres mío!

Timba trató de resistirse, pero Mike lo sujetaba con sus garras, hacía como que lo soltaba y volvía a agarrarlo. Unas veces por las orejas, y otras por la cola que tanto a él como a Trolli acababa de salirles desde hacía un rato. Viendo la gravedad de la situación Trolli dejó lo que estaba haciendo y se apresuró a salvar a Timba levantando a Mike por la parte de arriba del cuello, igual que hacen las mamás gato con sus gatitos. Mike bufó y sacó las uñas, pero Trolli, sin hacer caso, lo tumbó boca arriba sobre cubierta y se puso a acariciarle la tripa.

—Misi, misi, misi... Eres un gato muy malo.

Un segundo después Mike estaba ya tranquilo y ronroneando... Timba, más sorprendido que asustado, regresó al timón. Y Mike, pasado el arrebato, le pidió disculpas. Lo que quedó claro para los tres Compas tras este inesperado incidente es que era urgente acabar con la maldición.

Y más de lo que se pensaban, pues mientras todo esto sucedía el capitán Espárrago aprovechó para hablar con sus hombres sin que los Compas se enteraran:

—Ya veis, chicos, que estos tres son unos parguelas. En cuanto lleguemos a tierra romperemos la maldición, nos llevaremos los tesoros del Templo de los Tesoros y nos largaremos para siempre de estos mares.

—¿Y los Compas?

—Ellos serán el cebo para distraer a ese maldito cíclope.

Mike tenía razón al sospechar. Y los siniestros planes del capitán Espárrago podían hacerse realidad muy pronto; tras disolverse del todo la niebla la isla del Mal de Ojo se hizo visible desde el barco. Una isla normal, como tantas, salvo por un detalle: una alta y delgada columna de humo avisaba de que el lugar no estaba deshabitado.

# 7.
# LA ISLA DEL MAL DE OJO

**E**l astrolabio, o más bien sus agujas giratorias, marcaban con insistencia la dirección de la isla. No solo eso, sino que a medida que La *Pluma Negra*, con su extraña tripulación a bordo, se iba acercando a tierra, el objeto mágico empezó a despedir un suave brillo dorado.

—No hay duda, sea lo que sea lo que nos espera, ya queda poco —sentenció el capitán Trollino, preocupado pero al mismo tiempo esperanzado en acabar con la maldición cuanto antes.

—Deberíamos evitar el lado norte de la isla, «capitán» —Espárrago marcó con un tono algo irónico esta palabra—. Es la parte en la que vive el cíclope. Cuanto más tarde se entere de que venimos, mejor.

—Bueno, no creo que nos espere... ¡Después de cuatro siglos! Pero vale. ¡*Timbonel* Timba, pon rumbo por el sur, toda la barra a estribor!

Aunque ya llevaba un tiempo ocupándose del timón, Timba aún no tenía muy claro qué lados eran estribor y babor.

—¿Estribor es la derecha? —preguntó.

—¡Madre mía, qué marinos de agua dulce han venido a salvarnos! —exclamó Espárrago, entre divertido e irritado—. ¡Pues claro que es la derecha, perillán! Después de tantos años navegando nunca había visto una tripulación tan poco marinera como la vuestra.

—Es que no somos marineros —protestó Mike.

—¡Ja, ja, ja! ¡Qué gracioso es el gatito! En mi barco también teníamos un gato. Se llamaba «Tempestad». Un día el cocinero nos lo preparó con patatas.

Vicente y Pánfilo rieron al recordar la anécdota, que, por alguna razón, ellos consideraban graciosa. Mike no pudo evitar relamerse:

—Mmmmm... iauuuu. Un guiso con patatas...

Los piratas estaban de indudable buen humor. Tanto, que empezaron a cantar a coro una vieja canción... de piratas, claro.

—¡En el cofre del tesoro! —cantaba primero Espárrago. Y le respondían sus hombres.

—¡Ia, ia, oooooh!

—¡Había un montón de oro!

—¡Ia, ia, oooooh!

—¡Con el sable!

—¡Iaaaa!

—¡Y los garfios!

—¡Iaaaaa!

Bueno, y así seguía un buen rato. Entonces Timba se dio cuenta de algo.

—Esta canción de piratas... ¿No se parece mucho a *En la granja de Pepito*?

—¡Bah, serán costumbres antiguas! —dijo Trolli, encogiéndose de hombros.

—Miauuuu, oro... Qué pena que en esta aventura con piratas al final no vaya a haber tesoros.

—Bueno, con que nos libremos de la maldición yo creo que será suficiente.

Mientras cantaban, hablaban y bromeaban *La Pluma Negra* no dejaba de acercarse a la isla del Mal de Ojo. Vista desde menor distancia pudieron apreciar algunos detalles. Por ejemplo, que era muy montañosa. Puede que incluso volcánica, a juzgar por el gran pico que dominaba toda la isla. Lo más llamativo, sin embargo, era que tenía pocas playas. En la mayor parte de la costa los montes, muy escarpados, se hundían directamente en el mar. Además, casi toda la superficie estaba cubierta por espesos bosques tropicales.

Vista en conjunto no hacía honor a su feo nombre. Parecía una de tantas islas tropicales para ir de vacaciones. Aunque allí no se veían yates ni hoteles. Otra cosa que no se veía era... Lo sabremos enseguida.

Timba sostenía el timón con firmeza cuando de pronto notó que le costaba mantener la dirección. Era como si una fuerza misteriosa obligara al barco a girar. El *timbonel* se esforzaba por dirigir el barco hacia tierra, pero una corriente invisible lo arrastraba con gran intensidad separando la nave de su rumbo poco a poco hasta que, de repente, estaba dando vueltas dentro de un enorme remolino. Lo que había empezado despacio se aceleró de pronto mientras unas olas enormes golpeaban el casco de *La Pluma Negra* desde todas direcciones. La forma circular del remolino era ahora más que evidente. Y lo peor de todo es que en su centro se estaba formando un gigantesco agujero muy oscuro que amenazaba con tragarse el barco y a todos sus ocupantes.

—¡Agarraos a lo que podáis! —exclamó Timba, incapaz de mantener el rumbo.

—¡Yo ya lo intento, pero me estoy miaureando un poco! ¡Puaf!

—¡Melocoton! ¡Capitán Espárrago! ¿Qué diablos está pasando, en la maldición no decía nada de remolinos gigantes!

—Esto no es un remolino ni tiene nada que ver con la maldición, muchacho. Mira, mira el agujero...

Todos volvieron la vista al centro del remolino. Al principio solo era un gran círculo negro, pero de pronto, y sin previo aviso, surgió de su interior un monstruo descomunal, el responsable del remolino y la agitación de las aguas. Un monstruo con forma de calamar, pero un millón de veces más grande.

—¡Es el Kraken, el más temible ser que habita en las profundidades! —exclamó Vicente, aterrado.

—¡Todo a babor, Timba!

—¿Babor es la izquierda?

—¡No, no, sálvese quien pueda!

—¡Los gatos y los ratones primero!

—¡Contramarcha!

—El motor no puede con la corriente.

—Qué miaureo... Más aún.

—En el tutorial de navegación tampoco venía nada de calamares gigantes.

Entre órdenes contradictorias y pánico, *La Pluma Negra* no dejaba de acercarse al Kraken, que agitaba con violencia sus innumerables tentáculos. Y se veía que el animalillo tenía hambre. Los tres piratas miraban alucinados a los Compas, como preguntándose qué clase de personajes habían venido a salvarlos de la maldición. Pero la verdad es

que Espárrago y sus hombres, pese a toda su experiencia en el mar, tampoco hacían nada. Salvo esperar el ataque del monstruo. Que no tardó en producirse.

Cuando el Kraken asomó la cabeza y los tentáculos por el agujero ya parecía grande, pero al tomar impulso salió casi entero del agua y entonces vieron su auténtico tamaño: era tan grande como un edificio de cuatro pisos. Y sus tentáculos, numerosísimos, más largos todavía. Los agitaba de un modo que resultaba hipnótico. Tanto, que los seis desafortunados tripulantes de *La Pluma Negra* no podían dejar de mirar cómo los movía, a un lado, al otro...

—Lo que miau faltaba para el mareo —se quejó Mike.

El meneo de los tentáculos no duró mucho. En cuanto el monstruo calculó la posición de cada una de sus seis po-

sibles presas, lanzó su ataque rápido como un rayo. O seis rayos: seis tentáculos que se enrollaron en medio segundo alrededor de cada uno de los desprevenidos observadores.

—¡Melocotón, nos ha pillado!

—Nos lo tendríamos que haber esperado, ¿no? —observó Timba.

—Te habrá fallado la lógica redonda, ratoncito —dijo Mike, mirando a sus amigos como si fueran parte del menú.

Pero el menú eran todos ellos. El gigantesco animal marino contemplaba sus capturas con ojos hambrientos. No parecía tener claro por quién empezar la merienda, pero no tardó en decidirse: el primer elegido, Mike.

—¡Espera, espera, pedazo de bicho no miau comas a mí, que doy alergiaaaaaa!

Con un «glub» muy sonoro el Kraken engulló a Mike sin hacer caso de advertencias. Y al parecer le agradó el sabor, porque nada más tragárselo se relamió de gusto.

—¡Aaaay, Roberta! Mi pobre amigo Mike, muerto... Otra vez.

—Todavía le quedan tres vidas —advirtió Timba—. Seguro que no tardamos en ver el angelito gatuno... Antes de que nos devore a los demás.

Pero no, no apareció ningún angelito. Ni tampoco el monstruo se comió a nadie más. En lugar de eso, comenzó a agitarse y a poner cara rara (bueno, ya la tenía bastante rara), como si algo le hubiera sentado mal. De pronto, para sorpresa de todos, estornudó con la fuerza de un huracán. Mike, vivito y coleando, salió disparado hacia el exterior envuelto en baba de calamar.

—¡¡¡Aaaaggghhhh, qué asco!!! —gritó.

—¡Está vivo! —exclamó Trolli, alucinado.

—Por lo menos esta vez no ha tenido que gastar una vida —dijo Timba.

No tenía que haber hablado tan rápido. Mike, propulsado como un cohete por el estornudo del Kraken, voló directamente hacia el barco y se estampó contra el palo mayor. Cayó como un paquete sobre la cubierta y, un segundo después...

—¡No!

—¡Sí!

—¡El angelito!

En efecto, Mike acababa de perder su cuarta vida. Por lo que no tardaría en empezar la quinta. Mientras tanto, sus dos amigos y los piratas seguían presos del Kraken. El animal, sorprendido aún porque no había estornudado en su

vida, notó un picor extraño y, de nuevo, lanzó un estornudo. Esta vez más fuerte que el anterior. Tanto que aflojó todos sus tentáculos a la vez y tanto Timba y Trolli como Espárrago y sus hombres cayeron al agua. Se habían salvado de momento, pero nada impedía al monstruo capturarles de nuevo. Nada... salvo la alergia.

—¡Te había avisado, Krakencito! —gritó Mike, resucitado, desde el barco.

Mientras el Kraken intentaba reponerse, los dos Compas y los piratas nadaban tan rápido como podían hacia el barco. El calamar gigante estornudó otra vez mientras los remojados náufragos subían a bordo de *La Pluma Negra*. El capitán Espárrago fue el primero en hablar:

—Debemos marchar hacia la isla a toda vela, antes de que este monstruo nos ataque de nuevo.

—Sí, no es mala idea —admitió Trolli.

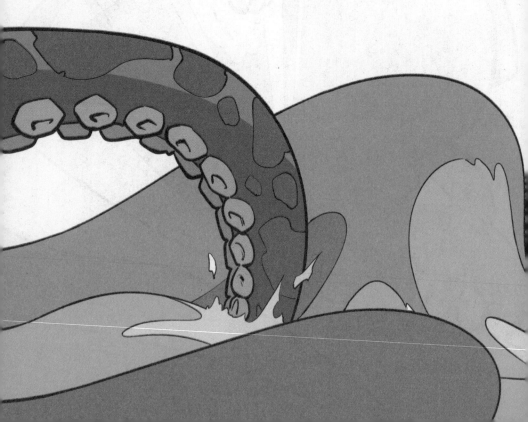

Sin embargo, no tuvo tiempo de dar las órdenes. El Kraken estornudó de nuevo y esta vez lo hizo con tanta potencia que se hundió bajo las aguas. Al mismo tiempo levantó una ola tan poderosa que *La Pluma Negra* salió prácticamente volando en dirección a la isla del Mal de Ojo. Cada cual se agarró a donde pudo para no caerse mientras el barco avanzaba casi sin tocar la superficie del agua.

—Nos acercamos peligrosamente a tierra —advirtió Mike.

—¡Preparaos para el choque! —gritó Trolli, abrazándose a Timba, que era el objeto sólido más cercano.

—¡Pero agárrate a otra cosa!

—¡Ya no hay tiempo!

La isla se hacía enorme por momentos y no tenían medio alguno de detener su rápida marcha. La situación era desesperada; si *La Pluma Negra* se estrellaba contra la isla se haría pedazos y no habría manera de escapar de allí.

En el último momento, cuando todo parecía perdido, el casco del barco rozó el agua y perdió algo de velocidad. Rebotó, volvió a caer, rebotó de nuevo y, al tercer salto se quedó como clavado apenas a unos metros de la playa. Durante unos segundos nadie hizo ni dijo nada. De hecho se lo pensaron un poco antes de abrir los ojos.

—¿Estamos vivos? —preguntó Timba.

—¡Síííí! —exclamó, feliz, Trolli—. ¡Y a salvo!

—No tan rápido, perillán —dijo entonces el capitán Espárrago—. Este cascarón ha tocado fondo. Hemos embarrancado.

—Entonces... —preguntó Mike—. ¿Estamos atrapados?

—¿Qué? ¡No! ¡Ja, ja, ja, por todas las tormentas! El barco saldrá de aquí por sí solo en cuanto suba la marea.

—¿Y eso cuándo será? —preguntó Timba.

—Y yo qué sé, no llevo reloj, ¡ja, ja, ja! Unas pocas horas, en todo caso.

—Vale, entonces no perdamos más tiempo —dijo Trolli—. Vayamos en busca del templo y acabemos con la maldición. Mike, ¿aún tienes el astrolabio?

—Sí, aquí está. No lo he soltado en ningún momento.

Al ver el objeto mágico los ojos del capitán Espárrago brillaron maliciosamente, pero no hizo nada. El curioso grupo se preparó para la complicada aventura que aún tenían por delante. Mike llevaría el astrolabio, Timba se ocuparía de las provisiones (por si el camino era largo) y los demás se encargarían de proteger la expedición. Para esto último el capitán Trollino contaba con la experiencia de combate de los piratas, aunque no disponían de ningún arma. Los viejos sables de los piratas se oxidaron siglos atrás.

Lo que no tuvo en cuenta Trolli fue el hambre inagotable de Mike. Mientras se preparaban, el valiente can transfor-

mado en gato no dejaba de ver a sus dos amigos ratonizados como si fueran dos filetones con patatas. Y, como ya le
había ocurrido antes, no pudo resistir sus nuevos instintos.
Vamos, que de pronto le pareció buena idea soltar el astrolabio, sacar las garras y abalanzarse sobre Trolli, que era el
que estaba más cerca, con la intención de devorarlo.

—¡Quieto ahí, gatito! —exclamó Espárrago, agarrando a
Mike en pleno vuelo—. Aunque más que un gato parece un
león, ¡ja, ja, ja! Misi, misi, misi.

Esta vez había ido por muy poco. De no ser por los rá-
pidos reflejos del pirata, Mike se habría zampado a Trolli de
un bocado. Pero como siempre que le acariciaban la tripa,
Mike se apaciguaba y se ponía a ronronear.

El astrolabio, mientras tanto, había caído sobre la arena
de la playa. El capitán Espárrago hizo el gesto de recogerlo
para quedárselo él, pero se le adelantó Timba.

—Mike, toma —dijo, devolviéndole el viejo instrumento
de navegación—. Y a ver si tienes más cuidado.

—Lo que tiene que hacer es dejar de pensar en comer
—añadió Trolli—. Bueno, ¿nos vamos?

—Sí, muchachos —Espárrago disimuló el fastidio de no
haber podido apoderarse del astrolabio—, pero creo que es
mejor que uno de nosotros se quede aquí. Si cuando suba la
marea no hay nadie a bordo, el mar se llevará el barco lejos
de la costa.

—Buena idea. Que se quede Pánfilo —ordenó el capitán
Trollino—. Es el que tiene las patas más cortas y nos retra-
sará por el camino.

—¡No son cortas, es la maldición! —gruñó el aludido.

—Buena idea, buena idea —asintió Espárrago—. Qué-
date tú, Pánfilo.

Podía mostrarse de acuerdo, pero era todo falso. Espárrago habría preferido que se quedara uno de los Compas para, por el camino, arrebatarles el astrolabio aprovechando la superioridad numérica. En fin, ya se le ocurriría algo, pensó. A fin de cuentas, había camino para rato.

La selva empezaba a unas decenas de metros de la playa, espesa y complicada, llena de lianas, zarzas, plantas espinosas y árboles enormes que apenas dejaban pasar la luz del sol. El avance era lento y costaba seguir en línea recta la dirección que indicaba el astrolabio.

Sin embargo, no todo era negativo. Las habilidades animales que habían adquirido por medio de la maldición podían resultar útiles. Así, en ciertos lugares los dientes ratoniles de Timba y Trolli servían para roer lianas u otros obstáculos que no les dejaban avanzar. En otro caso, ante un enorme árbol que cortaba el camino, vino muy bien la fuerza de Vicente, el hombre-elefante.

Lo peor fue cuando, después de varias horas avanzando, llegaron a una parte de la selva cortada por un profundo desfiladero. Desde el suelo resultaba imposible saber si había algún paso en las cercanías, por lo que Mike, aprovechando su nueva agilidad gatuna, trepó a lo alto de un árbol para echar un vistazo.

—Sobre todo no te mates otra vez —le advirtió Trolli.

—No te preocupes. Con las garras, esto está tirado. Parece que lo hubiera hecho toda la vida. A ver...

Desde la copa del árbol la vista era magnífica. No había ningún puente cerca, pero se veía que el desfiladero se acababa a unos pocos cientos de metros de donde estaban. Y no solo eso: desde aquella rama tan alta Mike pudo contemplar, por primera vez, el templo al que se dirigían. Y su aspecto era fantástico.

—Chicos, si pudierais ver lo que yo veo...

—Baja y nos lo cuentas —le dijo Timba.

—¿Bajar? —preguntó Mike, con gesto preocupado—. Eso no lo había pensado. ¡Soy un gato! No se me da bien bajar.

—¡Por todos los rayos, yo me ocupo! —gritó el capitán Espárrago.

Acostumbrado a trepar por los palos de su barco, para el viejo pirata subir a un árbol era pan comido. Una vez arriba sujetó bien a Mike y volvió a bajar al suelo como si tal cosa. Todo iba viento en popa. El templo estaba cerca, podían llegar dando un pequeño rodeo... Nada podía salir mal.

—¿Habéis oído eso? —preguntó, de pronto, Timba.

—Sí —respondieron todos a la vez.

Como para no oírlo: la selva entera se había llenado de lo que parecía un rugido. Un rugido infernal.

# 8.
# EL CÍCLOPE CASIMIRO

—¿Qué ha sido eso? —preguntaron los tres Compas al mismo tiempo.

—¿Qué va a ser, marineros de agua dulce? —les respondió, con cara de miedo, el capitán Espárrago—. Es ese maldito cíclope, que está despertándose. ¡Llevo cuatro siglos oyéndole! Deberíamos tener cuidado.

—Quizá sabe ya que estamos aquí —observó Timba.

—No lo creo —explicó el capitán pirata—. Hemos venido por un camino alejado de su cueva. Pero no nos confiemos. Suele patrullar la isla y, si nos quedamos mucho tiempo por aquí, acabará viéndonos... u olfateándonos.

—En marcha entonces —dijo Mike—. He visto que el desfiladero se cierra cerca de aquí y el templo está prácticamente al otro lado.

En línea recta no debían de faltar ni doscientos metros, pero en la selva las distancias no son como en cualquier otro lugar. Llegar al final del desfiladero les llevó media hora de atravesar zarzas y matorrales llenos de espinas y bichos. Luego todo era más fácil, al menos en apariencia, pues justo delante del templo se extendía un gran espacio llano y medio despejado, con la excepción de unas hierbas bastante altas.

Aparte de eso no se veían más obstáculos. El templo, tal y como había anunciado Mike al verlo desde las alturas, ofrecía un aspecto fabuloso. Era de planta circular, rodeado de columnas por todos los lados y cubierto por una gran bóveda forrada de lo que parecía metal dorado. Pero no, no era oro, para tristeza de Mike, sino algún tipo de piedra muy pulida, de color amarillento, que brillaba cegadora bajo el sol tropical.

—Es alucinante. ¿Quién construiría este templo? —se asombró Trolli—. Nunca vi nada parecido.

—Lo levantaron antiguos demonios, seguro —dijo, muy serio, el capitán Espárrago—. Venga, crucemos esta pradera cuanto antes—. En este terreno tan claro somos muy visibles.

—¡Bah! Pan comido —respondió Timba, adelantándose al grupo.

Iba muy contento pensando que la maldición estaba a punto de acabarse. Y aunque sentía muchas ganas de comer queso, tenía aún más ganas de volver a la normalidad, terminar la aventura y dormir, dormir como un tronco. Ya se lo había ganado. Avanzaba con rapidez, seguido por el resto del grupo, apartando las hierbas, que le llegaban más o menos a la cintura. Es decir, eran bastante altas, aunque por otra parte, tanto Timba como Trolli se habían empequeñecido un poco al transformarse en hombres-ratón.

El templo, visto de cerca, era más grande de lo que les había parecido. Debía de tener al menos cincuenta metros de diámetro y por el exterior lo rodeaban cientos de columnas talladas en enormes bloques de piedra oscura. Ya no faltaba casi nada. Sí, sin duda las cosas estaban yendo bien. Demasiado bien. Trolli fue el primero en percibir el peligro. Al principio solo era un olor peculiar que pronto llenó también las sensibles narices ratonescas de Timba. Mike, por su parte, detectó antes el sonido que el olor.

—¿Lo habéis notado? —preguntó Trolli.

Timba y Mike asintieron.

—¿Notar el qué? —preguntó Espárrago, que no se había dado cuenta aún.

—Eso de ahí —exclamó Timba, señalando con el dedo—: ¡serpientes!

De todos los rincones de la pradera empezaron a brotar ofidios de todas las especies conocidas. Las había blancas, negras, grandes y pequeñas, pero ninguna tenía buena pinta. Algunas serían venenosas y las que no... Bueno, ya se sabe que una de las cosas que más les gusta comer a las serpientes son... ratones.

—¡Vamos, corred, a toda pastilla! —dijo Mike, mientras se enfrentaba valientemente a las serpientes más cercanas—. ¡Estos ratones son para mí! ¡No os los podéis comer, serpientitas! Un momento... Pero, ¿qué estoy diciendo?

—Es el instinto gatuno, no te preocupes.

Trolli y Timba corrieron tan veloces como eran capaces en dirección al pórtico del templo. No estaban lejos, pero un grupo de serpientes empezaba a cerrarles el paso. Mike hacía lo que podía, bufando y mostrando las uñas, pero había demasiados adversarios acechando por todas partes.

Mientras Vicente alejaba a las serpientes más pequeñas soplando con su trompa, fue el capitán Espárrago el que tuvo la idea salvadora. Sacó de su bolsillo un viejo encendedor de mecha, lo prendió y a continuación lo arrojó sobre las hierbas secas que cubrían las losas más cercanas al templo.

La brasa prendió el pasto de inmediato y en cuestión de segundos la llamarada, aunque no muy intensa, fue suficiente para asustar a las serpientes y hacer que se alejaran. Era una victoria, pero no había un segundo que perder. Corriendo como si les fuera la vida en ello (bueno, es que les iba); en un momento los cinco lograron reunirse sobre la gran plataforma de piedra que servía de base al viejo templo. Allí, por algún motivo misterioso, no había ni una sola serpiente, quizá porque no había hierbas para ocultarse.

—¡Bravo, capitán! —exclamó Trolli, dando la mano al pirata—. Nos ha salvado el pellejo.

—Ha sido una solución desesperada, muchachos. Menos mal que he guardado este mechero durante siglos. Pero ahora debemos entrar al templo, colocar el astrolabio mágico y salir corriendo de aquí.

—¿Por qué tanta prisa de repente? —preguntó Timba.

—¿Ves esa hierba ardiendo, perillán?

—La veo.

—¿Y ves el humo que echa?

—Ah, ya caigo. Es de lógica redonda.

Sí, de la hierba en llamas se levantaba hacia el cielo una enorme columna de humo, que en pocos instantes podría verse desde todas partes. Y en la isla del Mal de Ojo era mala idea llamar la atención.

—Venga, entremos de una vez —dijo Trolli.

—Un momento, chicos —respondió Espárrago—. Vicente y yo vamos a intentar apagar el fuego. Quizá así el cíclope no vea el humo.

Los Compas esperaron junto a la entrada del templo, el cual solo tenía un acceso, un gran pórtico de piedra labrada

con símbolos desconocidos. Y algo amenazadores también: calaveras, huesos, cabezas de monstruos... Si aquello tenía algún significado, no parecía demasiado bueno. Aunque no era esto de los símbolos lo más llamativo.

—Chicos, miau huelo algo raro —advirtió Mike a sus dos amigos, en voz baja.

—Yo no noto nada —respondió Timba, olfateando el aire.

—¡No! Lo digo en sentido figurado. Esto está siendo muy fácil, ¿no os parece?

—Hombre, fácil, fácil —objetó Trolli—. Hemos estado a punto de naufragar varias veces, casi hundimos *La Pluma Negra*, hemos cruzado una selva tropical y nos han atacado unas dos mil serpientes.

—Sin contar —añadió Trolli— con que tú, Mike, ya has muerto unas cuantas veces. Tienes suerte de ser un gato.

—Ya, ya, pero no me refiero a eso: creo que no deberíamos fiarnos del capitán Espárrago.

Trolli se encogió de hombros, como dando a entender que tampoco había muchas más opciones. Pero Mike tenía razón. Los dos piratas, que se habían quedado un poco rezagados con la excusa de intentar apagar el fuego, también hablaban en voz baja:

—Vicente, no vamos a irnos de aquí con estos parguelas. En cuanto rompamos la maldición y tengamos a nuestra disposición los tesoros, los atamos y los dejamos en algún sitio donde pueda encontrarlos el cíclope. Así nosotros podremos escapar sin problema.

—Pero, capitán, se los comerá.

—Sí, es una pena, la verdad. La vida es injusta.

El hombre elefante asintió mientras lanzaba chorros de agua con la trompa sobre las llamas. Un esfuerzo inútil, puesto que el humo ya llegaba a gran altura y se podía ver desde todas partes. De hecho... quien lo tenía que ver, ya lo había visto.

Primero se escuchó un gruñido lejano. Después se notó una vibración rítmica en el suelo. Y luego más y más rugidos, acercándose con rapidez. No había duda. La vibración eran los pasos del cíclope, más intensa a medida que se aproximaba. Y sus berridos... Daba miedo solo de oírlos. Pero no tanto como tenerlo delante de uno en toda su monstruosa presencia.

Y es que allí, frente al templo, al cabo de cuatro siglos desde su última «actuación» contra los intrusos, el cíclope Casimiro se presentaba ante los recién llegados con toda su furia. Espárrago y Vicente, que ya lo conocían, sintieron que les temblaban las tripas. Pero para los Compas, que no habían visto más cíclopes que los de los libros, la cosa resultaba mucho más aterradora.

Para empezar, era grande como una casa de varios pisos. Aunque deforme, tenía el cuerpo muy musculoso y fuerte. Su boca era ancha como la abertura de un pozo o una alcantarilla, con los dientes desparejos y amarillos, pero muy afilados. Una narizota enorme le cubría media cara y encima de esas napias... ¡un único ojo! Un ojo enrojecido, ensangrentado y furioso.

—¡Espárrago, has vuelto a mi isla! —gritó el extraño ser con una voz horrenda—. Te dije lo que te pasaría si regresabas.

—Ya, ya... Es que me encontré con unos amigos. —A pesar de la gravedad de la situación el pirata no pudo evitar hacer una broma.

—¿Amigos? ¡Di más bien compañeros de sartén!

Sin más palabras, el cíclope se lanzó sobre el grupo con la intención de atraparlos a todos. Los cinco aterrorizados aventureros, pensando solo en salvar la vida, salieron corriendo cada uno en una dirección. Aunque lo hicieron por instinto, fue una buena idea. El cíclope era muy peligroso, pero con un único ojo le costaba trabajo situar a sus presas. En realidad el olfato y el oído eran sus sentidos más potentes. ¡Y sabía usarlos muy bien!

Trolli y Timba habían escapado rodeando el templo, ocultándose entre las columnas. Al llegar al otro lado vieron

un agujero y ambos se metieron dentro, creyendo que allí se encontrarían a salvo.

—¡Eh, yo llegué primero! —protestó Trolli.

—No, fui yo —le respondió Timba.

—Aquí no podemos escondernos los dos.

—Claro que podemos. Y hasta podemos contar chistes. Mira, me acuerdo de uno que...

—¡Pero calla, hombre! ¡Que nos va a oír!

Pues sí, así era. El aviso llegaba tarde. El cíclope había escuchado el jaleo de los dos Compas-ratones y sin perder ni un segundo se plantó sobre el escondrijo.

—¡Ya os tengo! —exclamó, satisfecho.

Pero en realidad no era así. El cíclope había cantado victoria demasiado pronto. El agujero era lo bastante grande como para esconder a los dos Compas, pero no tanto como para que cupiera la enorme mano de Casimiro. Por más que lo intentaba, no había manera: no podía agarrarlos. Es verdad que el cíclope era un poco bobo; si en vez de meter la mano entera lo hubiera intentado con un par de dedos habría podido sacar a Trolli y a Timba, uno por uno, agarrándoles de las colas de ratón, que les habían crecido mucho en las últimas horas. Pero no se le ocurrió y siguió intentando meter la mano entera. Timba y Trolli pasaron mucho miedo pensando que iba a acabar pillándolos, pero no, no había manera.

Furioso, el cíclope se puso de pie, lanzó un rugido y buscó otra presa más fácil. El capitán Espárrago era su favorito, pero había desaparecido de escena. No por arte de magia, sino porque había hecho lo más lógico: meterse dentro del templo y ocultarse justo detrás de la puerta, donde el cíclope no podía verle. En cuanto a Vicente, salió como un rayo hacia la selva, chocó con un árbol, lo tumbó y un segundo después se perdía entre la espesura. Al hambriento y feroz Casimiro solo le quedaba una opción para el menú del día: Mike.

Guiado tontamente por su instinto gatuno, este había vuelto a subirse a un árbol. Un truco que puede funcionar para escapar de un perro. Sin embargo, con un cíclope gigante es un error, porque al trepar a la copa solo consiguió hacerse más visible. Incluso Casimiro, con su visión limitada, no tardó en localizarlo. El cíclope se dirigió hacia Mike relamiéndose y el pobre Compa, aterrado, intentó bajar. Pero ya se sabe que esa no es la especialidad gatuna.

—¡Ay, ay, ay! ¿¡Por qué a mí?!

Pues porque es el que estaba más a la vista. El cíclope, sin que nadie obstaculizara sus movimientos, llegó al árbol

e intentó agarrar a Mike. Guiado por su nuevo instinto gatuno, esquivó al monstruo y se puso a saltar de rama en rama.

—¡Maldito animal! —rugió Casimiro—. ¡Pareces un mono en vez de un gato!

Esta agilidad era nueva para Mike. ¡Y le parecía fantástica! Siguió dando saltos, evitando todos los intentos del cíclope por atraparlo.

—¡Ja, ja, ja! ¡Casimiro, eres muy grande, pero muy torpe!

Mike se sentía casi a salvo, pero cometió el error de confiarse demasiado. Como saltar de rama en rama le parecía poco, empezó a pasar de un árbol a otro agarrándose a las lianas. Como Tarzán, pero en gato. Era divertido y le funcionó un par de veces, pero el cíclope no desaprovechó la ocasión. En cuanto Mike se agarró a la siguiente, el gigantón, en lugar de intentar capturar a Mike, lo que hizo fue arrancar de cuajo la liana. Un segundo después Mike colgaba, sin saber qué hacer, a escasos centímetros de la cara sonriente del cíclope.

—Te has pasado de listo, gatito.

Sin una palabra más lo olisqueó un poco y, sin cocinarlo siquiera... ¡se lo tragó como si fuera un aperitivo!

—Mmmmmm, ricooooo.

—Pobre Mike —se lamentó Timba—. Otra vez muerto.

—Bueno, sabemos que aún le quedan tres vidas —dijo Trolli—. O más bien dos, después de esto.

—¿Y ahora qué? Estamos perdidos.

—Bliblu —fue la respuesta de Trolli, que no sabía qué hacer.

A los pocos segundos, como ya había pasado antes, vieron salir el angelito gatuno en dirección hacia el cielo. Un instante después el cíclope empezó a poner caras raras.

Pero no era alergia, como había pasado con el calamar, qué va. Era otra cosa. Era como si se estuviera atragantando. Abrió su enorme y maloliente bocaza, se metió la mano y sacó... Pues sí, a Mike vivito y coleando. Sorprendido, el cíclope abrió su único ojo como... Como platos, no, como una bandeja gigante.

—Esto es lo más raro que he visto en mi vida —exclamó Casimiro contemplando a Mike, que colgaba de su manaza.

—Es que con un solo ojo tampoco verás mucho —bromeó Mike, de puro nervioso que estaba.

—Esto es interesante, gatito. Parece que voy a poder comerte varias veces... Me gusta. Pero ahora voy a prepararte con un buen guiso de coles y nabos.

—¡Puaf! Mátame ya.

—No te preocupes, minino. No tardaré, ¡je, je, je!

Y así, con Mike bien agarrado, el cíclope reemprendió el camino a su guarida, pensando si iba a usar la sartén o la olla para cocinar a Mike. Los demás no le preocupaban de momento. Siempre podía hundir su barco provocando una tormenta. Es lo que había hecho toda la vida. Y así podría divertirse cazándolos uno por uno.

—¿Y ahora qué? —preguntó Trolli.

—¿Dónde se han metido los piratas?

—Yo estoy aquí —comentó Espárrago, saliendo del interior del templo, donde había permanecido oculto todo el rato—. Parece que nos hemos salvado.

—¡No nos hemos salvado! Nuestro amigo Mike está en manos de ese monstruo —protestó Trolli.

—Mejor para todos; así el cíclope estará entretenido mientras nosotros rompemos la maldición y nos largamos de aquí —propuso el pirata.

—De eso nada —respondió Trolli—. De esta isla salimos todos o ninguno.

—¡Maldita sea, perillán, ya estoy harto de vosotros! —bramó el capitán—. ¡Dadme el astrolabio u os hago rodajas! Ah, no, que no tengo espada. ¡Pues os aplastaré con mis propias manos!

—¿El astrolabio? —dijo entonces Timba—. Si lo llevaba Mike.

—No me digáis que ya no lo tenemos, malditos ratoncillos.

—¡No está perdido! Está aquí.

Era la voz de Vicente. Al salir de la selva, donde se había escondido, había recogido el astrolabio de entre los hierbajos de la pradera.

—¡Ja, ja, ja! Me parece que vuestro amigo el gato...

—En realidad es un perro —corrigió Timba.

—¡Y yo un gallo de pelea! Me da igual lo que seáis. Ahora el astrolabio lo tengo yo. Podéis ir a salvar a vuestro amigo. Yo ya he tenido bastante con cuatro siglos de maldición. ¿Algo que objetar?

En realidad sí que había mucho que objetar, pero ¿cómo podían Timba y Trolli, convertidos en ratones, enfrentarse a dos malvados mucho más grandes que ellos? ¿Habían llegado los Compas a su última aventura?

# 9.
# EL PACTO

—**D**ebemos actuar en equipo, capitán Espárrago —insistió Trolli—. No hay necesidad de...

—¡Soy un pirata, mil rayos! —se mofó el antepasado de Rius—. Hago lo que me da la gana. Y sí que trabajo en equipo: ¡con mis hombres! Mientras Vicente tenga el astrolabio, aquí mando yo.

—¡Claro, si es de lógica redonda! —exclamó de pronto Timba, dándose cuenta de algo.

Trolli contempló extrañado cómo su amigo se dirigía directo hacia Vicente. El pirata elefante debía de ser como una docena de veces más grande y fuerte que Timba. Sin embargo... No podía ser cierto. ¡Vicente empezó a retroceder! Y de pronto Trolli se dio cuenta. Vicente había procurado mantenerse lejos de los dos Compas ratonizados desde el primer momento, como si sintiera miedo. ¡El miedo que los elefantes sienten hacia los ratones! En realidad Trolli sabía que eso era un tópico y que a los elefantes de verdad no les pasa. Pero en medio de la maldición de la isla del Mal de Ojo, todo parecía posible. ¡Si hasta Mike tenía siete vidas! Sin dudarlo, Trolli se unió a su compañero para asustar al acobardado Vicente hasta que, de pronto...

—¡Buuuuuuu! —gritaron los dos Compas a la vez.

Fue demasiado para el pobre pirata. Soltando el astrolabio como si le quemara las manos, echó a correr de nuevo como si fuera a caerle el cielo encima. Todo sucedió tan rápido que el capitán Espárrago no tuvo tiempo ni de llevarse las manos a la cabeza. De golpe y porrazo el astrolabio mágico volvía a estar en poder de los Compas.

—¡Vicente, maldito cobarde a estribor! ¡Haré que te echen a los tiburones!

—Déjese ya de amenazas, capitán —advirtió Trolli, mostrando muy serio el astrolabio—. Estamos todos en el mismo barco.

—Nunca mejor dicho, capitán Trollino —respondió Timba.

—Sí, ya... Bueno, el caso es que ahora se va a hacer lo que nosotros digamos —siguió hablando Trolli.

—¡Eso! —confirmó Timba. Para de inmediato preguntar—: ¿Y qué es lo que nosotros decimos?

—Pues está claro, vamos a rescatar a Mike y luego venimos, rompemos la maldición y nos largamos.

—¡Bravo, capitancito Trollino al que no le gusta el langostino! —dijo entonces Espárrago, irónico—. Es un plan como la lógica de tu amigo: redondo. ¡Redondo como el timón de una barca de remos!

—Esto... Creo que las barcas de remos no tienen timón —explicó Timba.

—¡Pues claro que no, perillán! A ver, ¿no se os ha ocurrido pensar que salir vivos de aquí depende de que tardemos lo menos posible en hacer todo lo que tenemos que hacer?

—Hasta ahí... estamos de acuerdo —concedió Trolli.

—Muy bien, grumete. Entonces vamos a ver, nos acercamos todos juntitos a la cueva de Casimiro. Suponiendo que no nos detecte, liberamos a vuestro minino sin que el cíclope se entere. Hasta ahí todo facilísimo, ¿verdad?

—Hombre, fácil...

—Espera, espera, que no he terminado. Luego volvemos todos aquí, entramos en el templo, colocamos el astrolabio, se rompe la maldición, volvemos al barco y, suponiendo que la marea lo haya sacado de la arena, nos hacemos a la mar y nos alejamos tan tranquilos. ¡Mil demonios, hasta podemos hacer una fiesta a bordo!

—Es que dicho así parecen un montón de cosas, ¿verdad, Trolli?

—Bliblu.

En este caso, Trolli estaba dando la razón, aunque no le gustara, al pirata.

—¿Cuál es el plan alternativo, capitán Espárrago? —concedió entonces.

—¿Cuál va a ser, rayos y centellas? El que yo proponía. Vicente y yo entramos al templo y colocamos el astrolabio. Mientras, vosotros liberáis a Mike. Así ganamos tiempo. Luego nos reunimos en el barco de mi pariente y nos largamos. Con un poco de suerte ese cíclope de todos los demonios no tendrá tiempo de convocar una tormenta para echarnos a pique.

—¿Y sin suerte?

—Espero que sepáis jugar a las cartas.

Trolli y Timba se miraron. El capitán Espárrago podía ser un poquito canalla, pero tenía razón. Actuar con rapidez era

fundamental. Trolli echó un vistazo al astrolabio, miró a su amigo y, viendo que asentía, tendió el instrumento mágico al capitán pirata. Justo cuando este, con los ojos brillantes, iba a agarrarlo, Trolli echó la mano para atrás.

—No se crea que somos tontos, capitán. Estoy seguro de que su plan incluía dejarnos abandonados en la isla y largarse con nuestro barco.

—Oh, chico, me ofende que digas eso de mí.

—No, si es de pura lógica; así tendría al cíclope entretenido con nosotros. No se piense que somos tontos. Si le dejo el astrolabio es para ganar tiempo, sí. Pero también porque sé que no podrán irse de la isla sin nosotros.

El capitán Espárrago miró a Trolli sin entender lo que quería decir. Lo mismo le pasaba a Timba. Sin embargo, Trolli entregó el viejo astrolabio hechizado, responsable de la maldición que sufrían todos, con una última advertencia:

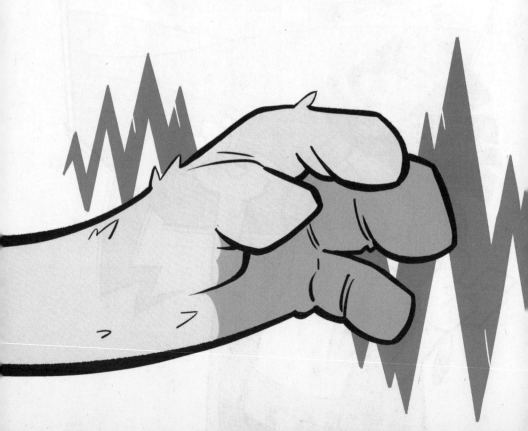

—Colóquelo en su sitio y rompa la maldición. Pero no lo haga antes de tres horas.

—¿Y eso por qué, grumetillo? —preguntó sorprendido el pirata, mientras contemplaba el astrolabio que, por primera vez en siglos, se encontraba en su poder.

—Es el tiempo que necesitamos para rescatar a Mike y regresar a *La Pluma Negra*. Las habilidades que tenemos como ratones nos pueden ser de ayuda hasta entonces. Rompa la maldición justo dentro de tres horas y corra hacia la playa. Con la ayuda de Pánfilo tendremos el barco listo para salir de aquí a toda pastilla.

—Muy bien, muchacho, esperaré esas tres horas. Es lo que dura una partida de tute de piratas. Jugaré con Vicente... si es que ese cobarde vuelve alguna vez.

—De acuerdo entonces, capitán —terminó Trolli, mostrándole la palma de la mano derecha abierta.

El viejo pirata se quedó mirando la mano sin entender muy bien lo que pretendía ese pequeño humano roedor. Al parecer cuatro siglos atrás no estaba de moda lo de chocar los cinco. Timba levantó un brazo del capitán y, antes de que este pudiera reaccionar, chocó las palmas con él.

—Es una forma de cerrar el trato —indicó Timba, al ver la confusión del marinero.

—Tenéis costumbres muy raras, muchachetes. Venga, largaos a salvar a vuestro amigo. Yo romperé la maldición.

Sin más palabras, los dos Compas se adentraron en la jungla, para lo cual les beneficiaba su nueva anatomía de ratoncillos. No se habían alejado mucho, cuando a ambos les pareció escuchar la risa del capitán Espárrago.

—Creo que ese se ríe de nosotros, Trolli.

—No, qué va... Es que es un tío con mucho sentido del humor.

Por supuesto, Trolli lo decía en plan irónico. En realidad no estaba del todo seguro de que el plan fuera a funcionar.

—¿No hemos confiado demasiado en Espárrago? —preguntó entonces Timba, mientras avanzaba apartando ramas y hojas—. A fin de cuentas es un pirata.

—No teníamos otro remedio. De esta manera podremos escapar de esta maldita isla cuanto antes.

—Pero... ¿y si decide romper la maldición por su cuenta y largarse con nuestro barco? Bueno, con el barco de su tátara-tátara-tataranieto, Rius?

—Lo he tenido en cuenta, pero es un riesgo que hay que correr. Además, si lo hace... No le saldrá bien.

—No te sigo.

—Claro, porque vas delante.

—No, hombre, que digo que no te copio. ¡Que no te entiendo!

—Ah, vale. Verás... En primer lugar, si rompe la maldición, no tardaremos en enterarnos, porque recuperaremos nuestra forma normal.

—Eso estaría bien.

—Pero lo más importante de todo es que Espárrago y sus hombres no pueden irse de la isla sin nosotros. Ellos son piratas, están acostumbrados a los barcos de vela, pero no han manejado en su vida uno a motor.

—Ah, claro. *La Pluma Negra* funciona con un motor diésel.

—¡Exacto, Timba!

—Y ahora que lo dices, hay una cosita más.

—¿Cuál? —Ahora el que no entendía era Trolli.

—Que no tienen la llave de arranque. Como *timbonel*, es cosa mía. Así que ni siquiera podrían poner el motor en marcha.

—¡No lo había pensado! Es genial, Timba.

—Sí, sí, es de lógica redonda. Lo que no es de lógica es lo que estamos haciendo ahora: ir a meternos nosotros solitos en la boca del lobo.

—Eso es por amistad, hombre. Hay que salvar a Mike.

—Ah, claro. Es que tengo tanto sueño que no puedo pensar bien. Y hablando de bocas de lobos... Va Caperucita por el bosque y se encuentra con el lobo, que le pregunta: «¿A dónde vas, Caperucita?»

—No me digas —interrumpió Trolli, temiendo uno de los horribles chistes de Timba—. ¿Y qué le contestó Caperucita?

—«¡A usted qué le importa, tío *pesao*!» —respondió Timba, partiéndose de risa.

—Pues sí que ha cambiado el cuento.

—Un momento, espera...

Timba se detuvo de golpe, pensativo. Trolli se puso alerta, temiendo un peligro inminente.

—¿Qué pasa, Timba?

—Que me he liado, ¡que has contado tú el final del chiste! Se supone que lo de cambiar el cuento lo tenía que decir el lobo.

—Madre mía. Anda, tira, que no vamos a llegar nunca.

De esta manera, sin testigos, bajo la penumbra de la selva tropical, se produjo un hecho insólito, algo que no había ocurrido en toda la historia: Trolli había terminado (aunque fuera sin querer) un chiste de Timba. Al darse cuenta, y sin

dejar de avanzar poco a poco a través de la espesura, a Trolli le dio la risa.

Pero no era el único que reía en la isla. A no demasiada distancia, todavía parado frente a la entrada del templo, Espárrago sonreía malicioso. Estaba esperando el regreso de su acobardado tripulante, Vicente, que se había tirado corriendo un buen rato. Ahora regresaba agotado, sudoroso y con la trompa llena de lianas enredadas.

—¡Cobardica a babor! —le saludó, irónico, el capitán Espárrago—. Te ha dado tiempo a dar diez vueltas a la isla, por Neptuno.

—Perdone, capitán. No sé qué me ha pasado. Es algo que tengo con los ratones...

—Olvídalo, muchacho. Por suerte estás de regreso. No es que me importe mucho si te devora ese cíclope de todos los diablos, pero te necesito.

—Ah, vale, esto... ¿Gracias?

—Sí, eso, da gracias a que eres un tío grande y fuerte. No pensarías que me iba a llevar a cuestas los tesoros yo solo, ¿verdad?

—Pues... ¿no?

—¡Respuesta correcta! Para eso te tengo a ti. Así que ahora vamos a entrar en el templo, colocamos el astrolabio, rompemos la maldición, te echas todas esas riquezas a la espalda y nos largamos. ¿Alguna objeción?

—No, no. Así, como plan, parece redondo. Lo único, ¿qué pasa con los chicos?

—Ah, sí, esos perillanes. ¡Al cíclope le van a encantar, ja, ja, ja!

—Pobrecillos, ¿no?

—¡No!

—Pero son amigos de su tátara-tátara...

—Basta con eso. Cuando regresemos a tierra firme le haremos una visita a ese tal Rius. Aunque me temo que será un marinero de agua dulce, ¡ja, ja, ja!

Sin duda Espárrago se encontraba de muy buen humor. Y no era para menos, estaba a punto de acabar con la maldición que le había tenido atrapado en un bote, jugando a las cartas, durante cuatrocientos años. Su ansiada liberación estaba a un paso, al otro lado del acceso al templo. Y no dudó en cruzar, seguido de Vicente, ese pórtico construido por un pueblo desconocido en un tiempo remoto.

Al otro lado de la puerta se extendía un ancho vestíbulo cuadrado, con las paredes cubiertas de relieves tallados en piedra. Representaban escenas de naufragios, de tormentas y de ciudades costeras destruidas. Incluso al duro capitán Juan Espárrago le dio un escalofrío al pensar qué clase de gente habría construido un lugar como aquel.

El vestíbulo era frío y oscuro, pero tras pasar la siguiente puerta, que daba acceso al santuario, todo cambiaba de golpe. Era una enorme sala circular cubierta por la bóveda de piedra que se veía desde el exterior. Sin embargo, era muy luminosa debido a la gigantesca claraboya circular que se abría en el techo y que dejaba pasar la luz del sol.

En su momento el templo debió de albergar a una gran cantidad de fieles. Ahora, sin embargo, solo Vicente y el capitán Espárrago recorrían la gran sala presidida por un inmenso altar de piedra negra situado en el extremo contrario a la puerta. Sobre la pared más cercana al altar se veían, incrustados, todo tipo de antiguos instrumentos de navegación. Pero faltaba uno. En efecto, el astrolabio, cuyo hueco en la piedra era perfectamente visible.

—¡Ay, capitán Mono! —murmuró Espárrago, sin elevar mucho la voz, como si temiera que le escucharan los dioses que se adoraban en aquel templo—. ¿Quién te mandaría ser tan curioso y llevarte este cacharro de aquí?

Durante unos instantes Espárrago dejó que el silencio del templo fuera la única respuesta a sus palabras. Luego, pasados unos segundos, él mismo se contestó, con una risotada.

—¡Más te habría valido llevarte solo los tesoros, ja, ja, ja!

Así era, al pie del altar había no menos de una docena de cofres, igualitos a los que usan los piratas para guardar el botín de sus robos. Todos estaban cerrados con llave, pero al viejo pirata ya se le hacía la boca agua pensando en lo rico que iba a salir de la isla. Los cuatro siglos de la maldición tal vez habían valido la pena.

Y en cuanto a los Compas... Bueno, ese detalle no le preocupaba lo más mínimo.

# 10.
# LA CUEVA
# DE CASIMIRO

Aunque el pequeño tamaño de Timba y Trolli les ayudaba bastante, avanzar por una selva tropical nunca es tarea fácil. Hay miles de ramas, muchas de ellas cubiertas de espinas, además de lianas, raíces, agujeros en el suelo, telarañas... Por no hablar de la fauna local, siempre peligrosa.

—¿Qué ha sido eso? —preguntó Timba.

—¿El qué? —fue la respuesta de Trolli.

—Ese ruido.

—¿Ruido? Si está la selva llena de ruidos: las hojas que pisamos, las ramas que crujen, el graznido de los loros, los pajaritos que cantan...

—¡Groaaaoooorrrrr!

—Ah... ¿Ese ruido?

—Sí, ese en concreto.

El origen era una pantera negra que les había estado observando desde lo alto de una rama. Ahora, al tener a tiro a dos presas tan suculentas, el animal decidió que había llegado la hora de comer.

—¡Melocotón! ¡Huyamos!

—Espera, si es como un gato. Vamos a probar. Misi, misi, misi...

Más que gato, gatazo. La pantera se quedó mirando por un instante a Timba, como preguntándose: «¿Pero qué hace este loco?». Luego, veloz como un rayo, el animal lanzó un zarpazo que habría hecho trocitos a Timba de no ser porque Trolli le alejó de allí tirándole de las orejas y obligándole a salir corriendo.

—¿Se te ha ido la cabeza? ¡No es un gato, es un depredador de lo más peligroso!

—Hombre, era por probar —le respondió Timba.

Aunque al principio consiguieron tomar cierto adelanto, la pantera se movía con más rapidez que ellos. A fin de cuentas estaba en su elemento y la única ventaja de los pobres Compas era su pequeño tamaño, que les permitía esquivar casi cualquier obstáculo. Sin embargo, que la pantera los capturara y se los zampara solo era cuestión de tiempo.

—Los ratones no estamos hechos para correr, eso está claro.

—Y menos así, juntos —dijo de pronto Trolli—. ¡Separémonos! Quizás así logremos despistarla.

—No le veo la lógica, ni redonda ni cuadrada. Perseguirá a uno de los dos y ese estará perdido.

—¡Hazme caso! El otro podrá escapar y salvar a Mike. ¡Todo a estribor!

Sin más palabras Trolli pegó un giro brusco a la derecha (o sea, a estribor, si se prefiere) mientras Timba hacia lo mismo hacia... estribor también. Pese a su cargo de *timbonel*, no acababa de cogerle el truco. En fin, al darse cuenta de su error volvió a girar, ahora a babor, para separarse lo más posible de su amigo. Los dos siguieron corriendo de esta manera durante unos segundos, sin mirar atrás y tratando a toda

costa de despistar a la fiera. Sin embargo, ya no se escuchaban su trote sobre el suelo de la selva, ni tampoco su potente respiración, ni sus rugidos. ¿Qué había pasado con ella?

Al darse cuenta, Timba y Trolli dejaron de correr casi a la vez. Se habían separado apenas un centenar de metros y aún podían verse el uno al otro. Y allí, en medio de ambos, seguía la pantera, quieta, indecisa sobre a cuál de las dos presas perseguir.

—Debe de estar cansada —sugirió Timba, jadeando.

—No, no es eso. Es que no se decide. ¡Ya lo entiendo! Es como la historia del burro y los montones de paja.

—¿Me vas a contar un chiste? ¿Tú?

—No es un chiste, es un experimento antiguo. Resulta que le pusieron a un burro dos montones de paja exactamente iguales, cada uno a un par de metros de distancia, pero en direcciones opuestas. Resultó que el animal no sabía cuál elegir. Al final del experimento casi se muere de hambre el pobre asno.

—Es una bonita historia, pero esa pantera no es un asno. Mejor nos vamos.

—Sí, pero cada uno por un lado, hasta que la perdamos de vista.

—De acuerdo. Nos vemos donde Casimiro.

Se habían salvado por muy poco, pero estaba claro que el rescate de Mike no iba a ser cosa sencilla. Paso a paso se alejaron de la sorprendida pantera y al cabo de un rato su olfato de roedores les avisaba de que estaban llegando a la guarida del monstruo. La verdad es que seguramente habrían detectado su apestoso olor incluso con sus narices habituales.

El lugar donde vivía el cíclope dejaba mucho que desear. En parte era una cueva, pero su habitante había construido por delante un muro muy tosco para cubrir la entrada. Una puerta enorme, hecha de tablones, cerraba el hueco abierto en el muro. Aunque ancha y de aspecto fuerte, tenía tantos agujeros que a Trolli y a Timba no les costó ningún esfuerzo echar un vistazo al interior.

Allí estaba Mike, atado a un palo largo, como si fuera una piruleta. Mientras tanto, el cíclope avivaba el fuego donde pensaba cocinarlo, a la vez que echaba un vistazo a un libro de recetas para cíclopes. Eso ponía en la portada.

—Aún no me decido, gatito —dijo el cíclope, con ironía—. No sé si asarte, si hacerte relleno o servirte con patatitas.

—Hazmiau lo que quieras, pero deja de echarme el aliento, por favor.

—¡Bah! Tienes siete vidas. Te cocinaré de varias maneras.

—Bueno, en realidad ya he gastado unas cuantas.

—Ya veremos.

Tras estas palabras Casimiro cerró el libro, sopló para avivar el fuego y colocó a Mike sobre las brasas, aún atado al palo, para empezar a tostarlo.

—Timba, hay que actuar, pero ya —dijo Trolli, en voz baja.

—Estoy de acuerdo. ¿Qué hacemos?

Trolli, el valeroso capitán Trollino, pensó durante unos instantes.

—No tengo ni idea.

—Pues vamos a improvisar. A ver... tú distraes al cíclope y yo...

—Tú desatas a Mike.

—Buena idea. Se ve que le vas pillando el punto a la lógica redonda.

—Sí, va a ser eso —respondió Trolli, resoplando.

Con mucho cuidado, los dos Compas se introdujeron en la guarida del cíclope colándose por uno de los agujeros de la puerta. Mientras Timba calculaba el mejor camino para llegar hasta Mike y roer sus cuerdas, Trolli avanzaba pensando en cómo distraer a Casimiro. ¿Cantando? ¿Recitándole un poema? En realidad no hizo falta que ninguno de los dos se comiera mucho la cabeza. A medida que caminaban se

dieron cuenta de que el suelo se volvía pegajoso. Y a cada paso un poco más pegajoso. Hasta que, de pronto, ya no podían andar.

—Trolli, hemos caído en una trampa.

—Maldición, ya lo veo.

Así era, el cíclope no era tan tonto como parecía y había colocado una trampa adhesiva para ratones, hecha con resina y miel, a la entrada de su cueva.

—¡Anda, mira quién ha venido a cenar! —exclamó el monstruo, con una sonrisa de oreja a oreja—. Ya sabía yo que no faltaríais.

—Qué *espabilao* —le dijo Timba mientras el cíclope los agarraba, a él y a Trolli, para colocarlos junto a Mike en el asador.

No cabía duda de que el primer objetivo del plan se había cumplido: los tres Compas volvían a estar juntos. Por desgracia, en una situación de lo más complicada, atados a un palo y puestos sobre el fuego para ser devorados.

—Esto va a ser muy duro, chicos —se lamentó Trolli.

—No, a mí no me parece tan duro —dijo entonces Mike, mientras intentaba comerse la oreja de Timba.

—¡Ay! ¡Oye, ya vale, minino! Yo también quiero echarme la siesta y me aguantozzzzzzzz...

—Madre mía, hasta el final voy a tener que aguantar al dormilón y al tragaldabas.

—Perdonad, chicos, pero es que los ratones estáis miau ricos.

—¿Qué ha pasado? —exclamó de pronto Timba, abriendo mucho los ojos.

Al despertarse, sobresaltado, se movió un poco y se le cayó del bolsillo una cosa. Algo que el cíclope no había visto nunca.

—¿Te habías guardado una tableta de chocolate? —protestó Mike—. ¡Y yo muriéndome de hambre!

—Era para luego, para celebrar la victoria.

—¿Chocolate? —bramó entonces el monstruoso cíclope—. ¿Qué es chocolate?

—Es... una cosa muy rica —le explicó Trolli. Pensaba que si el gigantesco ser comía algo de chocolate quizá se le pasara el hambre durante un rato.

¡Pero lo que sucedió fue otra cosa! El cíclope recogió la tableta del suelo, la olisqueó y le gustó tanto el olor que se la tragó de golpe, con papel y todo. Acto seguido se relamió y, sin dar las gracias siquiera, se puso a buscar en su libro de recetas una que incluyera un par de ratones. No es tan fácil saciar a un ser de ese tamaño y voracidad.

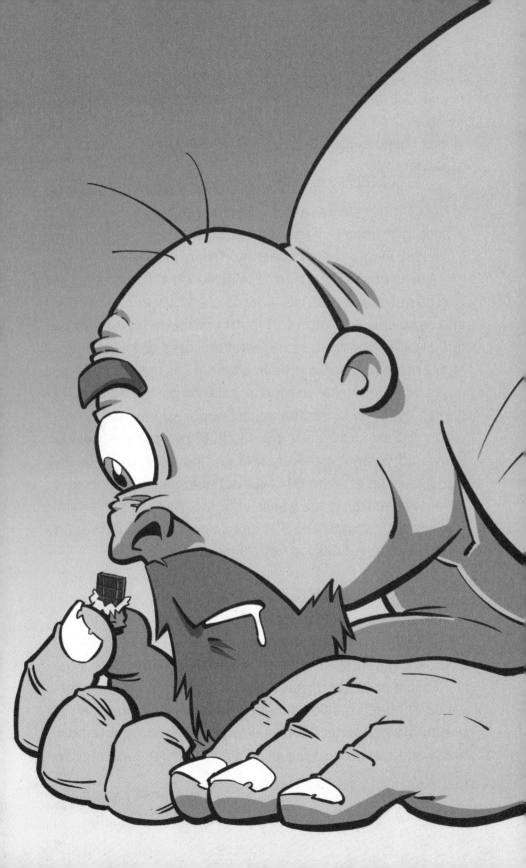

Los Compas estaban tristes, resignados a su destino, cuando de pronto el cíclope empezó a hacer cosas raras. Se levantó de golpe y se dio un cabezazo con el techo de la cueva. Luego empezó a girar la pupila de su ojo único, como si no viera bien.

—Es el subidón de azúcar —explicó Trolli.

—O que le sienta mal el chocolate, como a los animales —propuso Timba—. Y este Casimiro es un poco animal.

—Sea lo que sea, es nuestra ocasión: ¡a roer!

A toda prisa Timba y Trolli se pusieron a mordisquear la cuerda que ataba a los tres amigos al asador. Por suerte sus afilados dientes de ratón cortaban como cuchillas y, antes de que el cíclope se recuperara, estaban libres de nuevo. Pero ahora había que escapar de la guarida. Los dos Compas-ratones no se lo pensaron mucho; salieron corriendo hacia la puerta, evitando la trampa adhesiva, por supuesto. La mala visión de Casimiro jugaba a su favor. Mike, por su parte, era demasiado grande para largarse por los agujeros de la entrada, pero en el techo de la cueva había una gran abertura para dejar entrar la luz y salir el humo. Aprovechando sus habilidades gatunas trepó a toda velocidad por la roca. En cuestión de segundos los tres Compas estarían libres.

¿Seguro?

Mientras todo esto ocurría, el capitán Espárrago y Vicente continuaban en el Templo de los Tesoros.

—¡Cuánto he esperado este momento, amigo mío! —exclamó el capitán, levantando el astrolabio con las dos manos.

Poco a poco, de forma solemne, el viejo pirata fue acercando el objeto mágico al hueco de la pared, el lugar en el que había permanecido desde la construcción del templo hasta que fue robado por el capitán Mono. A Espárrago le temblaban un poco las manos, pero era normal, dada la emoción que sentía. Por eso no consiguió encajar el astrolabio a la primera. Ni a la segunda.

—¡Mil millones de millones de tormentas a proa! —exclamó, furioso.

—Se está resistiendo, ¿eh, capi? —le dijo Vicente.

—¡A mí no se me resiste nadie!

A la tercera va a la vencida. El astrolabio encajó de golpe en su lugar y, al hacerlo, un rayo de energía brotó del objeto mágico lanzando a Espárrago por los aires. En su vuelo, chocó con la barriga de Vicente y ambos rodaron por el suelo. El interior del templo se llenó de chispazos, rayos y centellas, mientras los dos piratas intentaban protegerse como podían.

—¿No debía acabar la maldición, capitán?

—Eso decían. ¡Vamos a morir aquí, Vicente!

Los dos piratas, tan duros y experimentados, estaban temblando de miedo. Sin embargo, al cabo de un minuto las descargas de energía y las luces cesaron y todo volvió a la normalidad. Espárrago fue el primero en levantarse, sorprendido. Miró a su alrededor, se sacudió el polvo y dijo:

—Bueno... Yo miedo, lo que se dice miedo, no he tenido.

—¡Capitán!

—¿Qué pasa?

—¡Mírese!

—¿Que me mire yo? ¡Mírate tú!

Los dos piratas se miraron uno a otro. Era increíble, habían recuperado su forma humana. Por primera vez en cuatrocientos años volvían a tener su apariencia normal. Emocionados, se dieron un abrazo. Uno cortito, que no eran ellos muy de ponerse cariñosos.

—Bueno, bueno, ya vale, muchacho. Ahora larguémonos de aquí. Pánfilo nos espera en mi nuevo barco. ¡Ja, ja, ja! ¡Y no te olvides de los cofres!

Y sin acordarse más de los Compas, los dos piratas echaron a correr en dirección a la costa, donde les esperaba *La Pluma Negra*.

¿Qué ocurría, mientras tanto, en la cueva de Casimiro?

Pues nada bueno.

—¡Eh! ¿Qué me está pasando? —preguntó de pronto Mike, que casi había alcanzado el tragaluz situado en lo alto de la cueva—. Miauuuuguaaauuu. ¡Maldición! ¡¿Por qué ahora?!

Eso, ¿por qué, cuando apenas le faltaba un metro para escapar de la guarida del cíclope, Mike recobró de golpe su forma perruna habitual? Lo cierto es que no pudo ocurrir en un momento más inoportuno, pues sus pezuñas caninas no tenían ni de lejos el mismo agarre que sus recién desaparecidas uñas de gato. Y aunque se esforzó al máximo por llegar a la salida, no pudo evitar deslizarse poco a poco hacia abajo. En concreto en dirección a los brazos del cíclope.

Las cosas no iban mucho mejor para Trolli y Timba. La maldición se rompió justo en el momento en que atravesaban los desperfectos de la puerta. El terrible resultado fue que al recuperar sin previo aviso su forma humana quedaron atrapados cada uno en un agujero, con medio cuerpo fuera y medio dentro. La parte de ellos que ahora mismo podía ver Mike eran sus... traseros.

—¿Le habéis dejado el astrolabio al capitán Espárrago? —gritó Mike, de no muy buen humor.

—¿Qué te hace pensar eso? —preguntó Timba, haciéndose el inocente.

No hacía falta responder a la pregunta.

Casimiro, aunque todavía medio cegato por el efecto del chocolate, no tuvo problema en localizar con el tacto a los dos Compas humanos, sacarlos de los agujeros, atarlos y colocarlos sobre la mesa de la cocina. Mike, mientras tanto, se agarraba como podía a la pared de piedra, pero su esfuerzo resultó inútil. A pesar de mover las patas tan rápido como era capaz, intentando llegar al agujero del techo, al final se quedó sin sujeción y, tras caer al vacío, aterrizó justo en los brazos del cíclope. En un segundo Mike estaba también atado junto a Timba y Trolli.

Nada podía ya salvarlos de la ferocidad del hambriento Casimiro.

# 11. ESCAPADA POR LOS PELOS

**L**a traición del pirata Juan Espárrago no había podido ser más inoportuna. Pensándolo bien, las traiciones nunca lo son, pero es que en este caso el tío se había coronado. ¿Quién iba a imaginarse que el antepasado de Rius se iba a parecer tan poco al bondadoso marinero amigo de los Compas? ¡Para que te fíes de los parientes!

Allí estaban Mike, Timba y Trolli de nuevo con su apariencia perruna y humana respectivamente. Y aunque habían deseado con todas sus fuerzas recuperar su aspecto
normal desde que cayeron víctimas de la maldición, la verdad es que en ese preciso momento la cosa resultaba más
bien un inconveniente. Uno del tamaño del puño de Casimiro, donde ahora mismo se encontraban atrapados los tres
amigos a la espera de que el cíclope decidiera, de una vez
por todas, cómo cocinarlos. Es que estaba un pelín indeciso.

—Qué rollo... Ahora sois dos humanos y un perro —se
quejaba el enorme monstruo mientras consultaba su libro
de cocina—. La receta anterior ya no vale. A ver qué hay por
aquí... Marinero a la cebolleta... No. Piratas con queso grati-
nado... No.

Los Compas, mientras tanto, forcejeaban por escapar
del puño de Casimiro, pero no había manera.

—¡No puedo respirar, no aprietes tanto, señor cíclope —protestaba Mike, intentando escabullirse.

—¡Estáis todos demasiado cerca! —se quejaba, a su vez, Trolli.

—¡Vamos a morir! Con el sueño que tengo. —Este era Timba, por supuesto.

El cíclope, sin importarle lo más mínimo el sufrimiento de sus víctimas, fue pasando páginas y páginas hasta encontrar lo que buscaba: la receta para cocinar un perro y dos humanos con cebollita picada, verduras y un toque de pimienta. Sí, así era, el libro de cocina para cíclopes, por lo que se ve, lo tenía todo previsto.

—¡Ya lo tengo! ¡Ja, ja, ja! Vais a estar riquísimos.

—¡Aaaaay, eso me decía Roberta, que era muy rico!

—Yo tengo hambre.

—Chicos, no desesperemos —habló entonces Timba—. Nos las hemos visto peores.

En ese mismo momento el cíclope Casimiro avivó el fuego, colocó encima una cacerola grande como un coche, añadió un poco de agua (unos trescientos litros), algo de sal, los condimentos y a continuación echó a los Compas.

—Ah, pues puede que no, que no nos las hayamos visto peor que esta —reconoció Timba al tiempo que escupía un trozo de acelga que se le había metido en la boca.

—Estamos perdidos, chicos —se lamentó Trolli—. Ha sido un placer conoceros.

—Yo espero que, al menos, le produzcamos una indigestión a este bicíclope —gruñó Mike, intentando mantenerse a flote, pues no llegaba al fondo de la cacerola con las patas.

—Es cíclope —le corrigió Trolli, algo desanimado.

—¡Dejad de hablar, que os vais a poner correosos! —gruñó el monstruo.

Atados, flotando en el agua de un cacharro puesto sobre el fuego... No, los Compas ya no se hacían ilusiones. En el pasado habían conseguido escapar de situaciones extremas, pero esto ya era demasiado. Aunque también se dice que la desesperación da alas al ingenio. Visto que todo estaba perdido, Mike hizo un último intento. Era muy arriesgado, pero pensó que si llevaba a cabo el plan que se le acababa de ocurrir tal vez pudiera ganar algo de tiempo.

—¡Bicíclope, amigo! —exclamó de pronto.

—Se dice «cíclope» —respondió el monstruo, sin hacer mucho caso.

—Claro —empezó a explicar Trolli—. Un bicíclope serían dos cíclopes juntos.

—O un cíclope con dos ojos —se apresuró a añadir Timba—. Bueno, lo que viene siendo un gigante normal.

—¡Pero queréis callaros! —protestó Mike, viendo que no le dejaban llevar a cabo su plan—. ¡Cíclope o lo que seas! ¡Cómeme a mí primero!

Las palabras de Mike dejaron a todos sin respuesta. Incluso el monstruo se interesó por lo que parecía un repentino ataque de locura.

—¡Anda! ¿Y eso? ¿Tienes prisa por morir?

—No, no, qué va. Es que... Bueno, he pensado que sería un honor ser devorado el primero por un monstr... Digo por un ser tan elegante y simpático como tú.

Al cíclope, que no le habían dicho una palabra amable en toda su vida, aquello le pareció muy extraño. Aunque también, qué duda cabe, muy halagador.

—Vaya, vaya... —dijo. Y no añadió nada más, porque nunca se había visto en una situación así.

—¡Mike! ¿Te has vuelto loco? —protestó Trolli—. Si hemos de ser devorados, lo seremos todos juntos.

—Bueno, yo no tengo prisa —intervino Timba, adivinando que su cánido amigo estaba tramando alguna clase de plan—. Si Mike quiere ser el aperitivo...

—Eso es, insisto. Quiero que me comas a mi primero, ciclopito.

—Qué mal suena eso, ¿no? —observó Trolli.

—¡Está bien, especie de perro! —bramó Casimiro al tiempo que sacaba a Mike de la cacerola—. Eres muy pequeño, te tomaré como entrante.

—Bravo, buena idea —respondió Mike, sonriendo. Y habría dado palmas de no ser porque los perros no tienen palmas.

El cíclope se puso de pie y, relamiéndose de hambre, se fue acercando a Mike a la boca. El valiente Compa perruno miró a sus amigos sonriente al tiempo que guiñaba un ojo. Y en ese mismo instante Trolli comprendió, con horror, cuál era el «plan» de Mike.

—¡¡¡Nooooo, Mike!!! —gritó, chapoteando dentro de la cacerola, luchando por librarse de sus ataduras—. ¡Que ya no eres un gato! ¡¡¡Que ya no tienes vidas extra!!!

—Ahí va... Es verdad. No lo había pensado.

El gesto de Mike cambió de inmediato. Estaba a menos de medio metro de la bocaza del gigante y, mirándose a sí mismo, entendió que había cometido un pequeño error de cálculo. Sí, porque los perros, desde luego, no tienen siete vidas. Así que nada de resurrecciones esta vez. Así no iba a

ganar demasiado tiempo. Más bien iba a quedar muerto y
digerido del todo.

Desesperado, comenzó a patalear, pero no sirvió de
nada. Apenas un centímetro para acabar entre los dientes
del monstruo y... Un momento. ¿Dientes? Si una idea falla,
hay que tener un plan B. Y no era ocasión para dudar. Mike
abrió bien la boca, dijo algo así como «A ver quién se come a
quién», y a continuación le pegó un mordisco al cíclope con
todas sus fuerzas en el dedo que tenía más cerca.

—¡¡¡¡¡Aaaaaaaaaggggggggghhhh!!!!! ¡¡Maldita criatura ca-
nina!!

Todo lo maldita que quisiera, pero el mordisco había
surtido efecto. El cíclope, muy dolorido, soltó a Mike para

poder chuparse el dedo herido. Estaba libre. Y sería genial, salvo por un detalle insignificante: que el valiente Compa empezó a caer al vacío desde cierta altura.

—¡Otra vez volando! Tenía que haber nacido pájaro.

El vuelo no fue muy largo. Una breve trayectoria en vertical hacia la mesa y entonces empezó una reacción en cadena. Primero aterrizó sobre una enorme col, con tanta fuerza que rebotó y salió volando de nuevo para ir a caer sobre el mango del gran cucharón que el cíclope usaba para remover los ingredientes. En la cavidad de la cuchara se encontraba, precisamente, un diente de ajo, bien peladito, que Casimiro pensaba añadir a la «Sopa de Compas» un poco más tarde. Al impactar el trasero de Mike contra la cuchara, el condimento salió volando con tan buena puntería que pegó en todo el ojo del cíclope.

El impacto por sí solo ya había sido bastante fuerte y le puso el ojo morado. Pero es que, además, al tocase la zona dolorida el cíclope no hizo más que restregarse las sustancias irritantes que contiene el ajo.

—¡Ay, cómo escueceeee! —gritaba tan fuerte Casimiro que daba un poco de pena—. ¡No veo nada!

—Esta es la nuestra —gritó entonces Mike—. ¡Chicos, fuera de ahí!

No hizo falta repetirlo. Sacudiendo la cacerola desde dentro, Timba y Trolli lograron volcarla y rodar al exterior arrastrados por el agua, que ya se estaba poniendo templadita. Una vez fuera, y todavía medio atados (aunque las cuerdas se habían aflojado bastante gracias al baño forzoso), salieron corriendo de la cueva a toda velocidad. Eso sí, esta vez abriendo la puerta, ya que los dos Compas humanos, vueltos a su tamaño normal, ahora tenían fuerza suficiente para mover la enorme hoja de madera.

—¡Venga, a toda prisa, antes de que recupere la vista! —exclamó Timba.

—Yo creo que el «ajazo» le va a tener ciego un buen rato —indicó Trolli.

—Sí, pero no nos confiemos —intervino Mike—. Hay que llegar a la playa antes de que Espárrago se largue a bordo de *La Pluma Negra*.

—Ah, por eso no hay problema —respondió Trolli—. Tenemos la llave del arranque. ¿Verdad, Timba?

Timba, sin dejar de correr junto a sus dos amigos, no dijo nada. Bueno, tosió un poco. Nada más. Mike y Trolli se temieron lo peor.

—¿Timba? ¿La llave? —preguntó Trolli, ahora francamente preocupado.

—Ya... Pues el caso es que, pensando en ese asunto. ¡Os vais a reír! No la llevo encima. Creo recordar que me la dejé puesta en el contacto.

—¡Maldición, no! —se desesperó Mike.

—Vale, chicos, calma —dijo entonces Trolli, procurando ser optimista—. Aunque tenga la llave, no podrá arrancar el barco de Rius. ¡Espárrago nunca ha conducido un navío a motor!

—¡No! —gritó entonces Mike—. ¡Pero nos ha visto hacerlo! Mientras navegábamos hacia la isla sospeché de él en todo momento. Primero, porque no quitaba ojo de encima al astrolabio. Y segundo porque se fijaba con mucho interés en cómo funcionaba *La Pluma Negra*. Es un marinero nato, seguro que es capaz de navegar con nuestro barco.

—Sí, visto así, tiene sentido —tuvo que admitir Trolli.

—¡Estamos perdidos! —se lamentó Timba—. Otra vez.

—¡Vamos, corred! No perdamos tiempo.

Los tres Compas corrieron por la selva como si les fuera la vida en ello. Y así era, porque había amenazas por todas partes. Una, por supuesto, el pirata que estaba a punto de dejarlos tirados en la isla del Mal de Ojo. Otra, el cíclope, que antes o después se recuperaría del golpe de ajo en el ojo y correría a buscarlos. Y había algo más.

—Mira quién está ahí, Trolli.

—Ay, madre, la pantera de antes.

Sí, la pantera, la mismita de hacía un rato. Y seguramente con la misma hambre. Sin embargo, las cosas iban a ser distintas esta vez. El gran felino, al ver que los Compas eran ya no dos, sino tres, decidió no llevarse más chascos. Lo que hizo fue mirar cómo pasaban a su lado los tres intrusos sin mover un bigote. Luego soltó un bufido y se dio media vuelta. Al menos en esto los Compas tuvieron suerte. Pero solo en esto.

—¡Estamos llegando, chicos, la playa!

—¡Y *La Pluma Negra*! ¡Todavía está ahí!

—Sí, pero es la única cosa que está.

Mike tenía razón, en ese preciso momento Pánfilo, que, por supuesto ya no era un pingüino, sino un tío bajito, ayudaba al capitán Espárrago a subir a bordo. Vicente, por su parte, escalaba al barco como podía tras lanzar a cubierta, uno tras otro, un montón de cofres que llevaba a cuestas. Los Compas al ver la escena desde lejos, se preguntaron de dónde habían salido esos cofres. Aunque no era su mayor preocupación.

—¡Mirad! —exclamó Mike—. Os lo dije, Espárrago ha sabido poner en marcha el barco.

Así era, el ruido inconfundible del motor llegó a los Compas con total claridad. Pánfilo tomó el timón y, con la habilidad propia de un marinero experto, separó el barco de la playa, lejos de los peligrosos bancos de arena, y en un periquete ponía proa a mar abierto. A pesar del enorme esfuerzo que habían hecho, cuando los Compas llegaron a la orilla *La Pluma Negra* ya se había alejado casi cien metros. Demasiado para alcanzarla a nado. Desde la cubierta, el capitán Espárrago se permitió una última broma:

—¡Vaya, perillanes, habéis conseguido burlar a Casimiro! ¡Bravo!

—¡Pero espérenos, capitán! —gritaron los tres amigos a la vez.

—Lo siento, chicos, sería peligroso para mi salud. Quiero poner tierra, digo agua de por medio, mucha agua de por medio entre este pirata y el cíclope. Pero para que no digáis que soy un tipo muy malo, os he dejado mi viejo bote de remos. Está detrás de las rocas. ¡Adiós, perillanes! Espero que no acabéis en el estómago de Casimiro, ¡ja, ja, ja!

Mike, Trolli y Timba se acercaron a las rocas. El pirata no había mentido, allí estaba, viejo y cascado, aunque a flote, el bote de remos en el que Espárrago y sus hombres habían pasado los últimos cuatro siglos echando partidas de tute pirata. Era una vía de escape desesperada, pero también la única. Sobre todo ahora que, todavía lejanos pero claramente audibles, los rugidos de rabia de Casimiro se acercaban a la playa.

—¡A remar, chicos! —dijo Trolli, subiendo a bordo—. Nos lo jugamos todo a una carta.

Si esa carta era un as o no, estaba por verse.

# 12. PERDIDOS EN EL MAR

—¡Vamos, hay que remar, deprisa, antes de que llegue Casimiro!

—Es imposible, Trolli, por mucho que le demos, no conseguiremos alejarnos a tiempo.

—Al final nos va a terminar cocinando rebozados, ya lo veréis. ¡Tengo la lengua llena de arena! ¡Era mejor ser gato!

Timba y Trolli, cada uno con un remo, procuraban alejar el bote de la costa tanto como les fuera posible. Si conseguían alcanzar *La Pluma Negra* o perder de vista la orilla antes de que llegara Casimiro, podrían salvarse. Pero no, eran esperanzas inútiles. Los gritos del monstruo se escuchaban cada vez más cerca, casi podían verlo. Y el barco de Rius era demasiado rápido, ya había llegado a los arrecifes y...

Un momento, sí, los arrecifes. Los piratas, en su prisa por alejarse, se habían olvidado de un peligro. Y no uno menor: ¡las sirenas! Siempre acechando para devorar a los marineros incautos. En cuanto *La Pluma Negra* pasó por su lado las criaturas salieron del agua y se pusieron a cantar. Puede que Espárrago y sus hombres fueran tipos duros, con mucha experiencia en combates, pero no estaban preparados para resistirse al canto melodioso de las sirenas. Hipnotizados por la magia de estos seres, detuvieron el barco y se arrojaron al agua. Mala idea, aunque en realidad no podían hacer nada contra el embrujo de esas voces mitológicas.

Las sirenas, sin dejar de cantar, se relamían de gusto: comida fresca en el agua. Tantos años bajo la maldición y, ahora que se creían a salvo, había llegado el momento final para los piratas. Aunque... Siempre puede haber un milagro de última hora. Y en este caso el milagro fueron los Compas. Timba y Trolli en primer lugar, pues haciendo un esfuerzo supremo a los remos lograron alcanzar la escollera justo a tiempo. Y luego Mike, que viendo el panorama se asomó a la proa del bote y, aclarándose la garganta, empezó a cantar a su estilo.

—¡Sirenitaaaas, sirenitaaassss! ¡No os zampééééééis a los pirataaaas que os van a dar ardooooorrrr!

La verdad es que la voz de Mike no sonaba mucho más afinada de perro que de gato. Las sirenas pusieron cara de horror, se taparon los oídos y se lanzaron a las profundidades con la idea de no volver a salir nunca si Mike se encontraba por los alrededores.

Los piratas, libres del hechizo de las voces sireniles, intentaron regresar nadando a *La Pluma Negra*, pero los Compas no estaban para bromas.

—¡Quietos ahí u os atizo con el remo! —amenazó Timba, muy serio.

—¡Pero no dejes de remar! —le advirtió Trolli—. Que si solo remo yo, navegamos en círculos.

Eso era cierto. Por suerte estaban ya muy cerca del barco y les costó muy poco esfuerzo subir a bordo mientras los piratas, empapados hasta las orejas, procuraban mantenerse a flote. Una vez en el barco el capitán Trollino se dirigió a Espárrago y a sus hombres.

—Capitán, voy a devolverle el favor que nos hizo. Le dejo el bote de remos para que se salve. Nosotros volveremos a casa, si no le importa, en *La Pluma Negra*. Me temo que su tátara-tátara-tataranieto querrá recuperar su barco.

—¡Ah, perillanes! ¡Nos dejáis a merced del monstruo para que nos devore!

—Eso no, capitán. Nosotros no somos como usted —dijo entonces el *perromaestre* Mike—. Agarre esta cuerda y les remolcaremos hasta perder de vista la isla del Mal de Ojo.

Diciendo esto, Mike arrojó un cabo de cuerda que los piratas se apresuraron a sujetar al bote. Luego Timba puso el barco a toda máquina mientras Trolli observaba la isla

con su catalejo. El cíclope acababa de llegar a la playa y, por lo que pudo ver, estaba muy enfadado. Pero era demasiado tarde para que pudiera hacer nada. La isla se fue haciendo más y más pequeña y, al cabo de unos minutos, los Compas se encontraban definitivamente a salvo de las iras del monstruo.

—Casimiro ya no puede hacernos daño, capitán Espárrago —dijo entonces Trolli—. A partir de aquí, cada cual por su lado.

Tras estas palabras soltó la amarra que había servido para remolcar el bote.

—¡Un momento! —intervino Mike de repente.

—No, Mike. Sé que tienes buen corazón, pero no vamos a llevar con nosotros a estos canallas.

—¿Y quién habla de llevarlos? Con el bote y sus conocimientos del mar seguro que llegan antes o después a puerto. Lo que pasa es que me dan pena y no quiero que se aburran. ¡Tomad, piratillas!

El capitán Juan Espárrago cogió al vuelo el objeto que le había lanzado Mike.

—¿Un parchís?

—Así es, capitán. ¡Para que se diviertan!

—¡Pero es un juego para cuatro! ¡Me vengaré de esta afrenta!

El capitán gesticulaba mucho al decir esto, pero entre el ruido del motor y las olas golpeando el casco del barco, la distancia creciente y la risa que les entró a los tres, los Compas no llegaron a escuchar esta última bravata del capitán Espárrago. Ahora sí, la aventura prácticamente había terminado. Solo quedaba volver a casa.

Aunque esto quizá no fuera tan sencillo.

—Bueno, ¿para dónde tiro? —preguntó el *timbonel*.

—Anda, pues... —el capitán Trollino no supo qué decir.

—Claro, chicos —intervino entonces Mike—. Para venir fue muy fácil, solo había que seguir la indicación del astrolabio. Pero ahora...

—¡Melocotón! ¡Estamos perdidos! ¡Aaaay, Robertaaaa!

—Y casi no tenemos comida.

—Bueno, a mí al menos nada me impedirá dormir.

—Madre mía, amigos míos —empezó a hablar Trolli, muy triste—. Tantas aventuras para acabar así, perdidos en el mar.

—Vamos, Trolli, ánimo —le dijo Mike, uniéndose a su viejo amigo en la proa.

—Ay, Mikellino, fue real...

—Sí, lo fue...

—¡¡¡¡Zzzzzzzzz!!!

—¡Timba!

—¿Qué pasa? ¿Hemos llegado?

—No. Hemos... Espera, ¿qué es eso?

—¡Oh, no! ¡Otro monstruo marino!

Una gran ola, muy oscura, se formó de golpe frente a *La Pluma Negra*. De la espuma comenzó a asomar lo que parecía un tentáculo. Aunque parecía demasiado recto para ser eso. Luego surgió una mole gris, brillante, con forma de cilindro.

—¡No es un monstruo! ¡Es un submarino!

En efecto, lo era. Un gran submarino que acababa de emerger y cuya escotilla superior comenzó a abrirse lentamente. Muy lentamente. Y cuando estaba abierta del todo, salió alguien.

—¿Qué *hazeiz uztedez* aquí?

—¿Ambrozzio? —preguntaron a la vez los tres Compas, con cara de estar alucinando.

—Capitán Ambrozzio. *Eztamoz* de *maniobraz*.

—Y nosotros perdidos.

—¿Que *habeiz* hecho un pedido? *Pedo* yo ya no me dedico a *pedidoz*.

—¡No! Que necesitamos que nos lleven a tierra.

—¡*Ezo eztá* hecho! Hay *tiedda pod todaz padtez. Oz remolcaremoz*.

Dicho y hecho, el capitán Ambrozzio hizo los preparativos para remolcar *La Pluma Negra* hasta Ciudad Cubo. Al arrancar, el tirón fue tan fuerte que Timba cayó rodando por la escotilla del camarote. Como tardaba en subir, Mike y

211

Trolli entendieron que estaba aprovechando para echarse, por fin, una merecida siesta.

Cuál no sería su sorpresa cuando lo vieron aparecer de pronto, con los ojos muy abiertos, gritando:

—¡Chicos, venid aquí y mirad esto!

Trolli y Mike bajaron al camarote y allí, perfectamente ordenados, estaban los cofres del tesoro robados por Espárrago en el templo. ¡Los habían olvidado! ¿Qué fabulosas riquezas esconderían? Mike, entusiasmado, se puso a cantar la canción del diamantito. Ambrozzio, subido a la torreta del submarino, le hizo coros. Aunque a su manera:

—¡*Gatitozzzz, gatitooozzzz*! ¡*Pezuñaz* y *bigoteeeeezzz* a mi *aldededoooodddd*!

# EPÍLOGO. LUCES MISTERIOSAS

**D**espués de la más extraordinaria aventura jamás vivida, con maldiciones centenarias, piratas, cíclopes, tempestades, sirenas y tesoros, los Compas llegaron por fin a casa. De forma un tanto curiosa, sin duda, pero eso daba igual. Qué alegría cuando, pasados tantos peligros, Mike, Trolli y Timba volvían a pisar las calles de Ciudad Cubo. Nada había cambiado durante su ausencia, pero para ellos era como descubrir un mundo nuevo. ¡Estaban tan acostumbrados al riesgo y la aventura que, de repente, la situación normal se les hacía rara!

Menos mal que aún estaban allí sus amigos para recibirles. Todos, salvo Mayo, del que se seguía ignorando el paradero. Los demás, es decir, Rius, Raptor, Sparta e Invíctor prepararon una fiesta por todo lo alto para recibir a los tres Compas. Cuando se marcharon unos días antes lo hicieron bajo el signo de una maldición. Ahora... Bueno, eran los mismos de siempre.

—¡Qué ganas tenía de volver! —exclamó Trolli.

—¡Y yo de echarme una siesta! —dijo Timba, bostezando.

—¿Cuándo comemos? —preguntó Mike.

Sí, todo había vuelto a la normalidad. O casi todo. Porque aún faltaba abrir los antiguos cofres que el pirata Juan Espárrago había robado del Templo en la isla del Mal de Ojo. Presumiblemente contenían un montón de tesoros, pero estaban tan bien cerrados que aún no habían podido abrir ninguno. Llevarlos a casa fue tarea complicada, porque pesaban mucho, lo que indicaba que debían de estar llenos de riquezas sin límite. Oro, diamantes, joyas de todo tipo, zafiros, rubíes... Una fortuna que haría ricos a todos los amigos. Mike ya no sabía si cantar la canción del diamantito o inventarse una nueva.

—A ver... ¡Tesoritos, tesoritooooooossss! ¡Cofres y riquezas a mi alrededooorrrr!

—Pero si es la misma canción de siempre con otra letra —observó Timba.

—Silencio, voy a intentar abrir este cofre el primero —dijo Trolli, armado con una palanca de hierro.

El grupo de amigos miraba con expectación cómo Trolli se esforzaba por abrir la vieja cerradura. Al principio se resistió un poco, pero en cuanto le aplicó un poco de fuerza el metal oxidado cedió con un chasquido. El primer cofre del tesoro estaba abierto.

—¿Conchas? —dijeron todos a la vez, observando incrédulos el contenido.

—Sí, conchas —confirmó Trolli, metiendo las manos entre los millares de conchas, caracolas y caparazones de todo tipo que llenaban el cofre hasta arriba.

—Debe de ser para despistar —observó Timba—. Un viejo truco de piratas. Abre otro, Trolli.

Asintiendo, Trolli se puso a la labor. Tomó la palanca, la encajó en la cerradura de otro cofre y se puso a hacer fuerza. Esta vez estaba seguro de que una fortuna en monedas antiguas iba a deslumbrarlos a todos en cuanto cediera la tapa. No tardó mucho. Un nuevo chasquido de metal roto y el segundo cofre estaba abierto.

—¡¿Piedras de colores?! —exclamaron de nuevo, todos a la vez.

—Pues sí —volvió a confirmar Trolli, ahora más desalentado—. Solo guijarros bonitos, sin ningún valor.

En el tercer cofre había trozos de vidrio. En el cuarto, plumas de pájaros exóticos. En el quinto... Bueno, ya nos vamos haciendo una idea. Cuando Trolli terminó de forzar cofres el contenido total no valía ni medio céntimo. Había sido un chasco completo.

—¿Y esto qué significa? —preguntó, asombrado, Raptor.

—Creo que está claro —respondió Timba, usando una vez más su lógica redonda—. Que nos han tomado el pelo.

—Yo creo que es otra cosa —observó entonces Mike, mientras saboreaba un puñado de plumas del cuarto cofre. Sabían a rancio—. Me parece que en esa isla no había ningún tesoro. Todo esto son... las colecciones del cíclope Casimiro.

—¿Colecciones? —preguntó Trolli, sorprendido.

—¡Claro! Pensadlo bien. Siglos y siglos solo en una isla, sin nada que hacer aparte de echar a pique algún barquito que otro. ¡Debe de ser un rollo! Por eso se entretiene coleccionando chorradas.

—Tiene su lógica —admitió Invíctor—. Pues mira, ahora tiene la ocasión de empezar sus colecciones otra vez.

—¡Eh, pero os habéis dejado un cofre sin abrir! —avisó entonces el pequeño Sparta.

Era cierto, un cofre más pequeño que los demás había pasado desapercibido. Y no era un cofre cualquiera.

—Lleva el escudo de mi antepasado —informó Rius—. Seguro que ahí están sus tesoros, el fruto de sus robos tras años y años pirateando por los siete mares.

Trolli no estaba muy convencido, pero aun así tomó la palanca y forzó la cerradura de ese último cofre.

—No hay ningún tesoro —dijo Trolli al abrirlo. No había la menor sorpresa en su voz, pues no esperaba encontrar nada de valor—. Solo cachivaches.

—¡Te equivocas, Trolli! —respondió Rius, entusiasmado—. Sí que hay tesoros. Mira esto. Un diario de mi antepasado. ¡Y uno de sus sombreros! Y esto otro, su juego de ajedrez. Todo esto tiene mucho valor para mi familia.

Trolli se echó a reír de buena gana. Estaba claro que cada persona valora las cosas de una manera distinta. Con

una sonrisa, entregó el cofre a Rius, para que los objetos personales de su antepasado, el pirata Juan Espárrago, retornaran a la familia.

Mike, por su parte, no pudo evitar un pensamiento: que el capitán Espárrago seguía por ahí, rondando los mares en un bote de remos. Tal vez algún día volvieran a saber de él en Tropicubo.

—Aunque va a tener que remar mucho...

—¿Qué dices, Mike?

—¿Cómo? ¡Ah, nada! Pensaba en voz alta.

—Venga, disfrutemos de la fiesta.

Y eso hicieron el resto de la tarde. Comer, bailar, contar chistes y hablar, hablar mucho de sus aventuras. Y de las ganas que tenían los Compas de vivir tranquilos de una vez por todas. Quizá ahora podrían disfrutar de un merecido descanso.

O no.

La noche caía sobre Ciudad Cubo, la fiesta estaba terminando y el grupo de amigos, muy contentos pero ya cansados, se preparaban para despedirse cuando...

—¿Habéis visto eso?

—¿El qué?

—Ahí, en el cielo. Mirad.

Los siete levantaron la vista hacia arriba. Desde lo más alto, recortándose sobre la negra oscuridad de la noche, un grupo de luces misteriosas descendían sobre la ciudad. Destellos de colores que se movían a una velocidad fantástica sin perder la formación. ¿Qué podía ser aquello?

Fuera lo que fuera, pronto lo sabrían. ¡Pues la misteriosa escuadrilla de objetos voladores no identificados bajaba directamente hacia ellos!

# FIN